自你以後
學懂了誰值得

鄭梓靈 作品

enlighten & fish 亮光文化

序

愛情或許有盡頭，但愛情啟發人沒有盡頭。

這也許就是人想要戀愛的原因，

每一次去愛，都像革新了自己一次。

即使剛結束的時候有後悔，但回頭一看，歲月總能沉澱出關於當時的智慧。

恍然大悟，當時的自己是如此努力，或是如此傻氣

當時的對方是如此不懂表達，或是如此自私。

當時的愛情是如此難得，或是如此錯誤。

六個改編自真實個案的短故事，各結合六篇散文，探討了在六種狀態下的愛情，和隨之而生的課題。

友情以上的曖昧之愛、愛上自戀者的卑微之愛、對未完成式的執迷之愛、婚姻保鮮的恒溫的愛、過度奉獻的孤獨之愛、未能原諒的牽絆之愛。

那些人的到來確實改變了我們一生，我們對待自己的方式，和我們愛人的力度。

自他以後，你或者沒有變得更幸福。

但你決定了，不再讓自己不快樂。

因他來過而得到的許多教訓，讓你懂得了誰最值得，

或許是更好的人，或許是自己。

我曾經很懂得討你歡心，到最後我發現，最值得開心的人應該是自己。

CONTENTS

卑微

one

備胎

two

愛的修行

three

four 曖昧

five 不自由的心

six 牽絆

若對方不將你受的傷當作一回事，
嬉皮笑臉地道歉，或者反過來指控你放大問題、反應過度，
那樣的話，原諒是不可能真實達到的。

卑微

one

明明沒結果

為什麼明明沒結果，還是會一再約對方出來，聽聽他的聲音，見見面？

因為人會寂寞啊。

拆開來看，就算沒有愛，也有情。人畢竟是感情的動物，愛情那麼高尚的東西反而不是人人的終極追求，有很好，沒有的話瑕疵品也有其玩味。

是不完美的、似有還無的、默默共識了的曖昧狀態。我對你不是很重要，但也不是毫不重要。

談不上共同成長，也不會有承諾，就算是下星期的約會也是太過奢侈，就算對方說可以，自己也說不定會臨時改變心意，因此最好不要提出或是太過期待。

即管如此，對彼此終究有若干的了解，一起相處的方式當中，建立了類似儀式感的東西，讓人覺得安心，讓人暫時放下生活的焦躁感。

知道你喝咖啡不加奶，知道你放幾粒糖，知道你煎蛋牛扒吃生的還是熟的，記得你鞋子穿幾號，就算不記得你喜歡哪個歌手，至少知道你討厭哪一個。

知道你喜歡喝酒，知道有新開張的酒吧，跟你見面時就說，一起過去試試看吧。未至於刻意約你去，只是將那地點記在心裡。

知道你喜歡哪個公仔，網上看到有聯乘企劃，會轉發給你看，但不至於像情侶一樣千方萬計弄一個給你。

很多事情還是最終要你一個人完成，但過程中有了對方的參與和記掛，已經嚐到了甜蜜。

心像被高掛在半空，低頭俯瞰天下蒼生，既空虛、又滿足，令人事後回味的微妙狀態。

人需要被凝視，需要被觸摸，需要擁抱，需要另一個人的溫度，這是生而為人的原始渴望，但偏偏人越成長，這種親密的關係越來越罕有。

正因為明知沒有愛，也不用思考怎樣留住對方的愛，不用思考怎樣保鮮，讓關係不變質，反而有某種輕鬆。

我應不應該原諒他

有時當你問「我應不應該原諒他」的時候，其實你已經原諒他了是吧？

如果覺得不能原諒，當下就已經立即有決定了。

對方犯了觸及你底線的錯，與你價值觀大大地違背，不再是你一直認知的那個人，那痛如像心臟被刺了一劍，那個人、那個錯，連提也不願再提，只能獨自消化、獨自療傷。

還會四處問人「我應否原諒他」嗎？大抵不會了。

四處複述事情來龍去脈的，未必是想要一個公道的裁決，你耿耿於懷的，是對方竟然這麼明目張膽地犯錯，也不給你一個下台階，還要你四處訪尋靈感，去思考一個比較合理的理由，好告訴世人他值得原諒。

你生氣的是，為了維繫這段關係，你的付出

與他的付出太不成正比，你的留戀與他的留戀也太懸殊了。

然而你選擇原諒不就夠了嗎？畢竟最後要原諒他的是你而不是別人啊。

要不要原諒一個人，是你自己的課題，要不要在餘生繼續相信一個人，是你自己的選擇。

就算你能找出更多他犯錯的好理由，就可以讓他不再犯錯嗎？或者讓他變得可信一點嗎？

更多向外界的討論，也不如轉往內心的叩問。一切都只關乎你自己的決心、信心、耐心。原諒需要時間，而不是更多的理由，最終原諒一個人的理由，就只有你仍愛他。

比較容易做到的是觀察型原諒，假裝事情沒有發生，還留待時間證明對方的歉意，是否真心懺悔，會否重蹈覆轍。

在這階段，我們需要對方去承認我們的憤怒是有必要的、我們的傷心是真實的。

若對方不將你受的傷當作一回事，嬉皮笑臉地道歉，或者反過來指控你放大問題、反應過度，那樣的話，原諒是不可能真實達到的。

不是沒有人喜歡你，只是那個人不喜歡你

你是否也有過這麼傻的時候？

叫你自愛、認清自我，別再管那個人了，你是多麼不捨得，表面上唯唯諾諾，但心底會問：保持自我有什麼重要？沒有人喜歡的自己有什麼用？

當時你所指的「沒有人」，其實就只是狹義的「那一個人」。

誰教你從小就活得很認真，你相信一分耕耘一分收穫，以為凡付出定必有所回應，因此長大後當別人的回應超出預料或者完全沒有回應，就會造成理性上的混亂。

工作上，也抱持跟上學時一樣的心態，就是埋首把眼前的工作做好。讀書時，一個學生盡了自己的責任把書讀好，每個人都會欣賞，但長大後，已變成不止把自己的工作做好就夠了的氣氛，原來還有種種人際關係要顧及；感情上亦然，戀

愛腦給你莫大的快樂，但也讓你傷痕纍纍。將整副生活放在愛情上，越發行不通。

人不只為戀愛而生，人的自我，如果只建立在戀愛對象的看法上，就會跟靠在傾斜的牆下一樣危險。

能專心投進一件事，是人的最大快樂。但像糖果一樣，這樣的快樂不能一天廿四小時都在嚐，不然身體就會出問題，心靈也是一樣，尤其當對方並不打算拿出同等的專注對你的時候，自我價值就顯得十分重要。

自我價值是一道防線，是心靈的救生墊。跌到最低時的回彈力，就視乎自我價值建立得牢不牢固。

自我價值也取決於眼界，偶然試著抬起頭看看世界，別只埋首自己鍾情的人或事物，因為那些事物終究也會消逝。

一個人曾經很喜歡你，但也可以忽然不再喜歡你，不管對方喜不喜歡你，你依然是你，價值不會因此而往下掉。一個自我價值感高的人，對這種事是很看得開的，因此意志堅強，不容易被擊沉。

別將自己存在的意義狹隘地建立在一個人身上，不是「沒有人喜歡的自己有什麼用」，「而是連自己都不喜歡自己的話，就算被人喜歡都不會真正開心」。

不知道自己想做什麼，只跟隨對方的心意而行，便會落入終日戰戰兢兢的觀言察色之中，只要對方拋出一個嫌棄的眼神，世界便像在你面前崩塌一樣。別讓自己成為那麼脆弱的存在。

自我價值是一道防線，是心靈的救生墊。跌到最低時的回彈力，就視乎自我價值建立得牢不牢固。

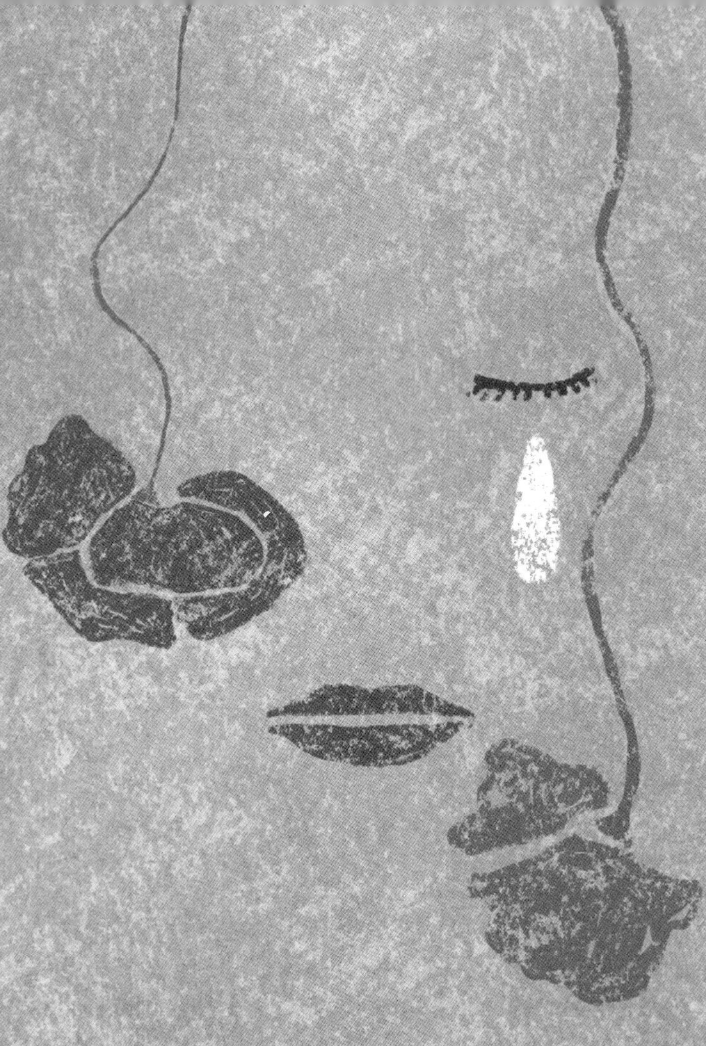

1

斷尾

在床上輾轉反側，一陣熟悉的痕癢感襲來，半夢半醒中，心想又來了，張開眼時，看到手指頭已染紅，我立即衝進浴室去，果然，濕疹又來了。

我用力打自己的手，但也知道沒有用，手指並沒有意識，要抓癢也怪不得它。要是發作時人是醒的，我一定會忍耐著，至少不會去抓自己的臉，但睡著則沒法控制了。

如今眼下面紅腫了一大片，左眼下方更已流出鮮紅的血，這一點都不誇張，我已早知道如何應對。我衝出客廳翻藥櫃，平常我可能沒這麼焦急，不過今天約了友竿……他沒找我的前兩個月都沒發作過，為什麼偏偏要是今天？

正在看晨間劇的媽媽若無其事地問我：「又發了嗎？」

我自小就患濕疹，雖然看了很多醫生，但也是時好時壞，我早已習慣了和濕疹並存一輩子。

「嗯，出血了。」

「快點敷藥吧，叫了你別碰酒精。」

「朋友叫到，一杯也不喝太沒趣了吧。」我說。

其實我哪來的朋友，不過是有時會聽我訴苦的表姐，不過這樣回答母親，讓我覺得自己好像更像活在成年人的世界。而喝酒更加是我自己的決定，表姐素來很有分寸，才不會勸我喝酒。

「自作自受囉。」媽媽看也沒看我一眼，沉醉地望著銀幕上的帥哥。

我看著她，我可不希望像她那樣就滿足。

我希望和友笙一起，一直在一起，那樣我就不會寂寞了。

本來希望用最佳姿態見他，卻事與願違。

怎麼辦？乾脆告訴他我濕疹又發作了，他會替我擔心嗎？

換著是以前，我可能不敢直言，因為友笙一向是嘴巴上不太會關心女友的男人。

但是昨天他打電話給我，說他是愛我的，而且哭得聲淚俱下。

聲淚俱下或者是有點誇張，隔著電話又不能親眼見到嘛，不過他的確是在哆嗦著、嗚咽著，話也說不清楚，我想就算不是滿臉淚痕，一定是強忍著淚水了。這令我的心無比痛。

他說他也不知道我們為什麼要鬧成這樣，明明他是為我好才會管束我。

他說他當我自己人，才會那樣無修飾地說話，他希望我能看出他的好意，而不要介懷他的表達方式。

從來沒有人這麼在乎我，著緊我。何況是我最喜歡的人友笙呢？我當下便原諒他了，並約好今天見面。

晚上友笙叫我上派對房，那間派對房是他一個朋友開的，他們一班朋友每逢週末就會窩在那裡耍廢。我有點失望，因為那意味著他一定也和其他朋友一起，而不是兩人獨處。

友笙開門出來接我，終於見到他了，以為他會緊緊擁抱我，像失而復得那樣地說些感人的話語，但他只是對我以近乎看不到的幅度微微頷首，叫我進去。

我可能是目睹媽媽看的電視劇太多了，不應該有這種幻想的。

我還是高高興興地進去了，果然一如所料，他平常玩的七八個朋友都在，有一半男的一半女的，但公開是情侶的只有我和他，其他人好像會搞曖昧，每次問友笙他都不太耐煩說這些，所以我不得而知。

只要我和他是公認的一對，我便心足了。

這時表姐傳訊息給我：「昨天提過給你買的減肥代餐，我幫你買了，今晚有空嗎？出來吃飯給你。」

「抱歉啊，我跟友笙一起。」我回覆她。

表姐立即打電話給我，我只好跟友笙小聲說：「表姐找我。」示意要走開談電話，友笙輕輕皺皺眉，他素來和我表姐火星撞地球。

事緣在我剛剛和友笙一起之後吧，我當然想帶他見我最親近的表姐。可是表姐說，想觀察友笙平時是個怎樣的人，就叫我告訴她將和他在哪裡吃飯，她坐在鄰桌就一清二楚。

那天刻意遷就他剛剛搭完佈景的工作地點，但那天實在很熱，他的火氣也很大。他和另外剛完成工作的兩個朋友一起來，其中一人現在也在這個派對房裡，他叫家謙，看起來很溫和無害的男生，不過我一直與他並無太多交集。

友笙一坐下，就開始數算著設計師根本不懂得設計，才會害他們架不起那個佈景來，另外兩個男生只是點點頭，唯唯諾諾地，也分不清是否和議。

然後友笙的大哥情結又發作了，也許是同枱的朋友並沒有很熱烈地附和吧，他開始加重語氣，變得頤指氣使，我真的很擔心，實在不想讓表姐看到他這一面。

友笙大聲呼叫正為其他枱下單的女侍應過來，那侍應是個有點可愛的女生，看上去是新手，可能比我們還要年輕。

「不好意思，請等一等，我轉頭過來幫你下單。」

「這麼慢，還要等到什麼時候啊？」等人來了，友笙問對方有什麼推介，女侍應支支吾吾，「這也說不出來嗎？上班要帶腦袋啊，沒有人跟你說嗎？」

結果那女生好像被友笙兇到了，越是焦急越是混亂，結果連筆都掉在地上了。友笙一腳踩住地上的筆，差點踩到彎下腰去撿筆的女侍應的手，女侍應連忙把手收回來，他又把筆踢到鄰桌去。然後友笙就翹起雙手，沒有再說話。

女侍應雖然被嚇壞了，但店面似乎沒有其他工作人員，她忍住淚水把筆撿回來，照舊問我們另外三人要吃什麼，我真的很佩服她。

本來我想代表友笙向她道歉，或者解釋什麼，但這個只是空想，我才根本沒有這個勇氣。也不知對方怎麼想，既然我是他女友，說不定會被認為是聯合起來欺侮人，我就猶豫著。

後來友笙上了洗手間，我正想鼓起勇氣去跟剛才的女侍應說話時，我見家謙剛好起身，好像在餐廳外面跟剛才的女侍應說著話，不知是碰巧抽煙碰上了閒聊還是在說剛才的事，我就打消了念頭，就此作罷。

「實在看不過眼，你男朋友太過分了！平時都這樣對人嗎？對著女孩子侍應也可以這樣呼呼喝喝？」那之後，表姐當然立即火力全開地叫我和他分手。

「平時他不是這樣的，也許他今天剛體力勞動吧，他餓壞了。」我替他打圓場。

事實上有時友笙會對侍應很口甜舌滑，但有些時候則像今天這樣，呼呼喝喝，完全沒有準則，與對方長得漂不漂亮無關，也許純粹是看他當日的心情。

總之——

「不要把他說得那麼糟糕啦！」

「如果他不想別人把他說得那麼糟糕，那他就要做好一點才是。」

表姐一點也不賣帳，我也很敬佩她的這種個性，我自己就常害怕人生氣而不敢直言。

「你沒聽過嗎？一個人的質素就看他怎樣對待那些比他處於弱勢的人，侍應的職責是招呼你，你就可以對她無禮嗎？他對人連基本的尊重都沒有，我真的很擔心你跟這樣的人交往，會吃大虧！」

表姐有穩定交往的男友，是個正直可靠又樂於提攜人的人，聽說是某跨國公司人事部的主管，而且高大有型，在任何人眼中都是完美的對象，她當然有資格教我怎樣選男友，但問題是世上哪有這麼多的完美男人？我只是個平凡的女生，無論頭腦和姿色都只是在下游徘徊的人，能聽到男友親口說愛我、需要我，對我而言已經很幸福了。

「我跟他說說就好，他也許只是情緒化一點。」其實我自己也有點被他當日的表現嚇倒了，但我不想因為這樣就失去他這個男朋友。

我後來向友笙坦承表姐在鄰桌的事，他大發雷霆，說最討厭這樣被人暗中品評監視，那之後他們沒有機會見上一面，只是不斷說對方的不是，我夾在中間不知如何是好。

「怎麼了？不是分手了嗎？又被他說兩句就復合了？」

「我知道我知道，但他已經道歉了，他說他很想念我，他說他會改。」

「他真的有這樣說？還是你的領悟啊？他這個人明明就沒救了。」

表姐太了解我了，的確，要是有錄音可以翻聽，或者他說的並不是這些。

不過我好像能夠感應到別人的心情，所以仍然執意相信。

「還要我講幾多次，根本和他繼續下去就不會有好事，你要是這樣，下次別再跟我說自己有多淒慘了！」

不要不理我，你是我唯一的朋友了——

好想這樣說，但是說不出口。

唯一的朋友是表姐，是不是太悲哀了？

如果連表姐都不聽我說，就沒有人聽我說話了。

但我們從小玩大，不覺得需要認識很多朋友。

表姐有唸大學，然後還唸了輔導，是一名熱心的社工，在她的字典裡沒有「拒絕」兩個字，但這也證明了，連她也對我不耐煩的話，我是多麼失敗！

但是為了愛情，我豁出去了。

我回頭坐回友笙身邊，他正和兩個女性朋友看著手機聊天，原來是兩個女生剛去完日本回來，拍下了賞櫻的照片。

「喂你腿哪有這麼長？給我瞧瞧！有沒有照騙？」友笙慫恿著女生站起來，穿著短裙的女生，腿當然沒有照片中那麼長，不過友笙又不是真的想比較，只是想有個女生在他面前搔首弄姿而已。

「表情管理！表情管理！」友笙一邊說著，兩個女生擺出各種表情，其他人也開始起哄，而我完全不明白到底有什麼好笑。

「你也過來嘛。」女性友人向我伸出手，也許是察覺到我的不自然，向我伸出友情之手。

「她啊！沒朋友的，你們多點找她出去一起玩。」友笙在人前說我。

派對室裡有一個打卡位置，定期更換，事實上這裡正是出自友笙的手筆。

他在廣告公司工作，但並不是那種會在大型運輸系統投放廣告，或者替大品牌找大明星拍照的那種廣告，而是替小型商場架設季節性宣傳品，供人拍照打卡，或者玩玩小攤位遊戲的那種，他也不是設計的一位，而是落手落腳搬運和搭建的散工，他不屬於公司職員，只是需要人手時才會聯繫他。

我知道在很多人眼中，友笙可能不是很出色，也沒什麼大志，但他也曾經為了更上一層樓去唸設計課程，我們就是在設計學校認識的。

我第一眼就喜歡他了，他染一頭棕髮，在校門外的樓梯上抽煙的樣子特別好看，我從來沒有想過他會主動跟我說話，還在我身邊坐下來，我們很快便交換了電話號碼。

只是後來他沒有唸完，他說老師教得很差，同學們除了我之外沒有一個像樣，結果被他不斷轟炸後我覺得似乎也是這樣，便一起退學了。也就在我決定跟他共同進退之後，我們正式成為戀人。

我覺得他是一個很需要另一半表達忠誠的人，所以我儘量不會提出相反意見。

因為我唸書半途而廢，表姐幾乎沒理睬我三個月，不過她終究還是擔心我，又再找我出去聊天，我十分感激。

我後來才明白，也許友笙是有輕度的讀寫障礙所以跟不上進度，因為這樣他有一種自卑或者不安吧！所以偶然才會對人這麼糟糕。別人都說負能量的人讓人敬而遠之，但我卻不覺得如此。

但是他這個毛病只有第三者在場才會犯，當我和他在一起的時候，他是完全不同的一個人，好講理得多，正因為這樣我才沒法放棄。但這樣也成了我越來越怕和朋友一起的原因，但越渴望和他獨處，越渴望被他溫柔對待，我便越來越卑微。

今天他又是這樣了。

「像她這麼胖，其實擺什麼姿勢都沒分別。」友笙對著另外兩個女孩笑我。

也許是打卡位置的新油漆刺激了我，我的濕疹開始發作，而他也注意到了。

「你到底在搔癢個什麼？」他粗聲地問我。

我沒有回答，倒是女孩說：「這是濕疹吧？」

「嗯。」我點點頭。

「即是什麼？會不會傳染？」

又來了，友笙一臉嫌棄令我很受傷。

昨天的甜言蜜語消失無蹤，只要一在他的朋友身邊，他就會變回這個頤指氣使的態度。

枉我今天早上還幻想友笙可能會關心我。

「我不舒服，先走了。」我對友笙說。

「這麼快走嗎？真不好玩，我們晚餐還算了你的份啊。」

「我會付錢的。」

這句不知怎地踩到了友笙的底線，他忽然板起臉來，我知道不妙了。

「過來，我有話對你說。」

我只好跟他走到門口，雖說是門口，其實他說的話每個人都聽到。

「你這樣是想告訴別人我沒錢幫你埋單嗎？」

「我不是這個意思。」

「你覺不覺得你應該跟我道歉？」

「對不起。」雖然直接這樣說了，但他還是不滿意。

「我也是想你開心才叫你來，你這樣是不是等於說我安排不周到？」

我說了我不舒服，而且你約我時沒有說也有其他朋友……

不過我知道說這些也沒有用，只好繼續說：「對不起，我不是這個意思，對不起。」

「嘻……」

我好像聽到有人在笑，是女聲，也許是剛才其中一個女生，但我連抬頭看看是誰笑都不敢。

只想一切快點結束……

我再見也沒說，開了門逃也似地走出去。

我一個人傷心地離開時，有一把男聲叫住我，驟耳聽來還以為是友笙叫住我。回過頭來，是剛才在場但只是點頭打了個招呼的家謙。

「嗨，給你介紹個醫生，我妹從小就濕疹嚴重，他那樣笑濕疹的人很無知。」

家謙毫不避諱地表達對我的支持，我以為剛才沒有一個人明白我的感受，原來一直沒有插話的他將一切看在眼裡。

「這邊新油漆的味道很大，可能有點刺激了。」

「也不關事，今早已經發作了。」

家謙凝望著我，有好一陣子沒有說話，或許他只是在比較我和他妹妹的濕疹誰較嚴重，但我覺得好像都被他看透了。

接著他說的讓我更驚訝：「其實他為人真的很有問題，你難道不覺得嗎？」

「你說友笙嗎？」我明知故問。

「你這麼溫柔和善的一個女孩，一定懂得分辨一個人的好壞吧。要不然，你應該會變得跟他一樣，但你沒有啊。」

我現在才知他對友笙這麼不以為然，不過回想起來，家謙好像也在廣告和佈景這一行，只有某些工作有關的場合才會見到他跟友笙聊幾句，不然他們之間好像只是朋友的朋友那樣雖然會聚首但實際保持距離的關係。

「你……不是和他是好朋友嗎？」

「好朋友？」家謙抿嘴。現在才定睛看著他，發現他這個人比我記得的好看，也許我總是全副精神集中在友笙身上，害怕踩地雷，所以沒注意家謙。

家謙輕描淡寫，卻又語帶雙關地說：「沒你想的那麼好．他應該也沒你想的那麼好吧？」

「他也沒你想的那麼壞的……他……」

「那就公平點說，不好也不壞，就是普通人一個啊，值得你這樣嗎？」

「我……怎樣了？」

「死心塌地，明明沒錯都認錯。」

那天夜裡臨睡前，我一直等著友笙傳短訊給我，也一直在觀察他社交帳號的動態，還有同場那些人的動態，起初每一個我都有按心，但漸漸的，覺得很倦，便停下了動作。

家謙早已離開派對房，他跟我說話後，還陪我走了一程到地鐵站，然後他說坐巴士，到不知哪裡釣魚。

「有時對著海比對著人好。」他說。「有空一起玩吧。」

他仍然是那麼輕描淡寫，但是明明是看不過眼而追出來的，我對他真有好感。

我和他交換了電話。我將他的名字改成 KH，是以防友笙發現我跟家謙私下有聯絡，不過回心一想，也不確定想和友笙繼續下去。

我對鏡自照，眼下抓得出血的地方已經乾了，我看起來真的很糟糕，忽然發現，我對友笙的感情也許亦是同樣。

癢癢的，想不理也不可，但是根本掌握不了對的力度，總是弄傷自己，一而再再而三，無法斷尾。

也不知是否另一次冷戰的開端，說不定友笙又會把我晾在一旁，幾個星期不找我。

就此過了幾天，我濕疹好了，一身輕鬆。友笙沒找我，這事似乎我也沒有太在意。

我發現比起冷戰，讓我更為難的，是他找我哭訴衷情，然後又施以冷暴力，那種痛苦才是最折騰人。

乾脆把我忘記，也許更好，只是他的問題是，討厭被人忘記，所以九成，他過一會，認為懲罰我夠了，又會再次出現。

我每次覺得日子過得還不錯時，總是被他隨時會出現的陰影纏繞著，沒法真正寬下心來，感覺像是有什麼不幸的事在前面等著我。

星期六的下午，我閒在家看電視劇，收到KH打來的電話，我以為他會像以前認識的男孩那樣，就算會撩我也是先短訊聊天，沒想到他直接打電話來，我覺得這個人不是心機男，挺爽直的。

「你住觀塘是嗎？今天有約嗎？我和幾個朋友現在在工廠區那邊一間踩冰場玩，你要不要來？」他加上一句：「不是友笙那班朋友，有男有女的。」

「哦，好呀。」

他來迎接我時，我感覺到他很歡迎我，或者這才是正常？叫朋友來理應如此，只是友笙約我往往不是如此，他總以顛覆我的期許為樂，覺得自己很酷。

那是一間以懷舊香港為主題的溜冰場，還有玩樂室，可以包場，玩完溜冰可以玩桌上遊戲或者電玩，他的朋友們看起來都很友善，也不像什麼壞人。有男生聽說是退役港隊籃球員，現在教小孩子打籃球，有女生是手作達人，很快已跟我分享短期市集擺賣的照片，叫我下次一起去玩，也有女生跟我喜歡同一個韓星，我們就聊得特別久，因為那不是什麼帥哥，而是實力派，所以我覺得很難得。

在我熱烈地說著時，發現家謙不時會回頭看我，給我一個微笑，有鼓勵的意思，也沒有忽略我。

我在看人家溜冰，隨音樂點著頭，家謙忽然出現在我身邊，問我：「懂溜冰嗎？」

「不懂，可以來嗎？」

「別傻，我也不懂啊，我們挑這裡玩，只是因為有個朋友在這裡工作，可以零食汽水任吃任喝罷了。」他笑著說。

「太好了，有這樣的朋友。」我坦承：「我朋友不多。」

「我就猜到。」他喝了一口波子汽水。「忽然間找你來，不會嚇壞你吧？」

「不，我很高興，你的朋友都很好，總之他們看起來都是充滿夢想又知道自己在做什麼。」

他對我這個形容好像覺得很有趣。

「我從來沒有這樣想過他們呢，不過如果他們知道應該會很高興。」

「千萬別說！太尷尬了。」

「好，好，不說，你別這麼緊張。」

我注意到他喝光了汽水，想到自己應該為他們做點什麼，好讓他們覺得找我來是對的。

一有機會，我就拿著點餐紙，逐個問他們有什麼需要，然後去去小賣部捧回來。又把薯片倒進玻璃碗裡，有人想吃時，便雙手遞上去。

「是你啊！不說還以為這裡這麼好服務了！哈哈！」教籃球的男生回頭向我笑說。

我不知道這是嘲笑還是只是表達友好，回頭尋找家謙的目光。

我把裝著雞翅膀骨頭的盤子端出房外的時候，家謙一把接了過去。

「玩就是玩，你不用這樣的。」家謙仍然很溫柔地說。

我想我知道自己的問題，一面對自己看重的人，就會想不斷想證明自己用得上，幫得手。

而其實，我過了頭吧……

不知道家謙會不會覺得我太奇怪，而再也不找我玩……

我正想說什麼，他忽然指著入口說：「我女朋友來了！」

我往入口望去，一個打扮入時，面容清麗，有著健康小麥色皮膚的女子跟家謙點了點頭，向我們走過來。

原來他已經有女朋友了！我一時目瞪口呆。

我一直都誤會了，他真的只想跟我交朋友。

也許是看著我可憐，他就是這麼一個沒法對弱者坐視不理的人。

當她站在我眼前，我覺得很面善，但一直想不起在哪兒見過她。

「是不是好像有點眼熟？」家謙很自豪地問我。

我想起了！

她就是那個曾經被友笙罵的餐廳女侍應！

「你是不是……在日本餐廳工作的？」我呆呆地問她。

「是啊！那都是去年的事了，我只是暑期工，我現在是野外定向的教練。」她笑著對我說，關於邀請我一起玩的事，家謙一定一早備案了。

「因為我替友笙出去道歉了，所以結識到她。」家謙開心地替女友拿下肩上的背包，那背包看來歷盡風霜。「所以嚴格來說，我還要多謝友笙呢！」

他女友沒好氣地朝他一笑，搖搖頭。

他們站在一起，真的非常相襯，我滿心羨慕，但是不妒忌。

雖然跟家謙不能發展下去，但我還是很開心，因為交到了朋友。

就在那天晚上，我果然收到友笙的電話。

比我預計的要早呢。

我望著手機響了一遍又一遍，鈴聲後來突然中斷了，感覺有點突兀，即使是沉默，我也能判斷，是發脾氣的友笙。

電話再次響起，似是不忿氣我不接，又再打一遍。

我終於還是沒有接。

我以後都不會理他了。

也許我需要的不是愛情，只是朋友。

也許我需要的不是愛情，只是朋友。

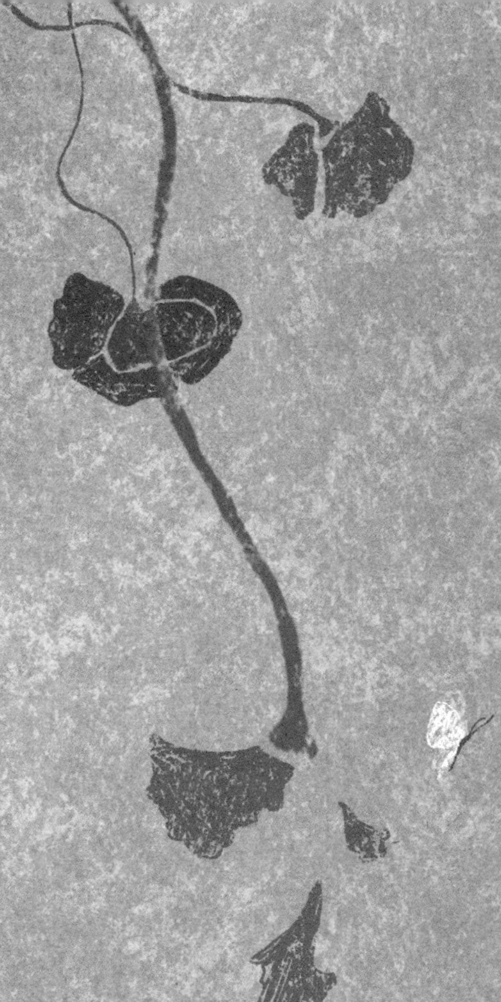

轉念是為了釋放自己

人是很有趣的，若我們在街上錯認了一個陌生人，發現後我們會說：「對不起，認錯人了。」我們不會糾纏，頂多回頭看一眼，喃喃自語說「真像啊」，然後離開、忘掉。但愛錯了人，我們卻不會輕易放開「就是你了」的念頭。

我經常用這個情景去說服自己放下無謂的執念，選擇「轉念」，它幫我具體實在地明白，心中所牽掛的事是多麼無謂、不重要，不值得多花一秒鐘在那個念頭或那個人身上，事實明顯不過，沒有幻想、妄想的餘地，如果仍然偏執在那上頭是多麼不可理喻。

我聽過一種執念是很傻卻又很偉大的，女孩說：「我想他知道自己損失了什麼。」

她覺得明明他和她一起的話，人生絕對會變好，他一定會更成功，他們會成為比他現在所選的平凡女人更令人羨慕的一對，他作出放棄的決定一定是因為他不知道自己錯過了怎樣的精彩人生，於是，她要不斷證明給他看，她可以為他做多少。但即管如此，並沒有改變他的決定。

轉個念想一想，她不是低估了對方而是高估了自己，她能提供的其實他早就知道了，只是不稀罕而已。

有時對方並沒有你想的那麼缺乏資訊，反而缺乏資訊被蒙著眼看不見全景的是自己。

別試著向一個人展示他放棄你損失了什麼，讓他日後自己發現吧。

又再轉個念，就算他永遠不發現，也沒什麼大不了。這跟你要不要留在他身邊也沒直接關係，要是一走開他就不懂你的珍貴，留在他身邊一輩子也依然可以不懂。

轉念就是不要死腦筋，不要認為只有自己認定好的結局才是好，好不好其實不在於結局，而在於一個人能安放自己的能力。

依賴別人去配合和成全的快樂，很狹窄，沒有轉念可言，惟有相信自己在哪種處境都能找到快樂，眼睛才能看見另一種可能。

執念不會為你帶來任何得益，只有轉念是通往快樂的鎖匙。

然而人在感情中的轉念，往往用在錯誤的方向，我們會轉換成對方的角度去思考，但其實那個依然是自己的角度，我們卻以為自己非常懂為對方設想。

在韓國電影《獨自在夜晚的海邊》，與已婚導演出軌的女演員，受千夫所指、帶著情傷一個人遠赴德國，但與朋友見面時仍然不住提起心中的人，思想著他此刻的種種。

「他也和我一樣，正在想念著我嗎？」「那個人也一定很累吧？」她不住去想這些沒有答案的問題，與朋友的話題總是一再轉回舊情上。

倒是朋友看得通，反問她：「他有什麼累呢？」

不過就是一個偶然出軌尋找刺激的男人罷了，別一廂情願地把對方想像成被感情折騰得很痛苦的模樣了。

當你認定了別人正在受苦而心疼時，不如先心疼自己，因為那人可能一點也不累，也不苦。

當你在感情中受困已夠久，請你的轉念不要為了體諒別人，而是為了釋放自己。

當你認定了別人正在受苦而心疼時，不如先心疼自己，因為那人可能一點也不累，也不苦。

當你在感情中受困已夠久，請你的轉念不要為了體諒別人，而是為了釋放自己。

表達無效的關係

為什麼我表達過，他那樣做我會受傷，他還是依然故我？甚至有時好像變本加厲？讓我都變得不想再表達，不如默默忍受他就是這種人，自己去遷就他，適應他。

因為你們根本是談著不同的戀愛啊！你談的是愛情，他玩的是名為愛情的權力遊戲。

關係裡也有權力強弱。你的表達對他來說只是求饒。

表達無效的關係，是因為對方對傷害沒有真實的悔意，甚至以懲罰你獲得快感，他不願放棄這快感，一直樂在其中。

有些人特別喜歡爭吵，沉醉在激烈衝突後的勝利，對於和平的溝通無感，但對另一些人來說，每次衝突都會憶起原生家庭或成長背景當中的不快，情願自己退讓避免衝突，於是在對方看來，就是軟弱，而不會引起同情共感。

於是對方用更嚴厲刻薄的措辭去打擊你，試圖引起你的反擊，當你仍然拒絕演這台戲的時候，對方就會覺得不敢表態的你十分不長進，因此被欺侮也只是他幫你上的人生課罷了。

但若然你真表態呢？對方又會覺得你脫軌了，會讓爭吵升溫或用各種冷戰手段讓你投降，讓他得到最終勝利。

他持續這樣忽視你的情感需要，等於告訴你，你不值得被好好對待，不值得被愛，他甚至還要你自己承認這一點。

我認為在愛情中若缺乏同理心，是生病了的愛情。

幫他戒斷這病態的快樂吧，離開他，就算不愛惜自己，當行行好心，別讓他再為此著迷。

你願意表達，願意溝通，是因為你願意成熟。

你知道爭吵的結果都是一樣，何必傷感情？因為你愛他多過他愛你。

但成熟也代表，我們不會強迫別人去選擇自己，或者選擇自己的一套思維方式。

有時你覺得是別人迫你去調節自己、適應他們，但有沒有試過換個角度想，迫人的可能是你？因為你愛得太用力了。

如果對方選擇了繼續幼稚，你也沒有辦法去迫對方因你而成熟，沒有辦法迫對方以你想要的溫柔與和平來愛你。

但同樣地，對方也沒有權利去迫你採用他的方式，如果他的方式讓你不舒服。

或者該現在開始來放鬆一點，放開他，別再指望捉緊他，別再擔心他會溜走，那樣你會發現原來放開的是自己，是自己害怕失去的心態。

原來放開得失心，別再用力強求某一個人，強求某一種回報，你才能拾回心靈的餘裕，看清楚自己真正想要的快樂，即使對方堅持他的方式，也不動搖你所相信的，只是你選擇用溫柔的方式化解。

請記得你的情感需求值得被聆聽，被重視，這不也正正是人類談戀愛的理由嗎？

原來放開得失心，別再用力強求某一個人，強求某一種回報，你才能拾回心靈的餘裕，看清楚自己真正想要的快樂，即使對方堅持他的方式，也不動搖你所相信的，只是你選擇用溫柔的方式化解。

深情不是多容易記起，而是多難忘記

「她曾說與我一起的日子是一生中最快樂的時光，從來沒有女人對我說過這句話，所以我記得。但為什麼分手後，我多次低聲下氣說想念她，她竟然不為所動呢？女人是真能如此絕情，還是有什麼苦衷不方便與我聯絡？」

其實真的沒什麼苦衷，也沒什麼不方便，就只是不想再與你有關係而已。

你既然能給她一生中最快樂的時光，相對的，一定也曾給她最痛苦的折磨。

與其問為什麼別人不理你，不如問自己對人做過什麼？

但偏偏有些人不記得自己對別人造成的傷害，只記得一些好時光，覺得自己還不算很壞。

其實就算對方曾經是個奉獻型，也會有結束的時候。

對奉獻型女子來說，愛一個人就是不問值不值得，這份豁出去的感覺無比快樂，但相對地，由她為你打上「不值得」的蓋印那一刻開始，她對你的愛就宣佈完了。

奉獻型不再奉獻的時候最絕情，她不是無情，是不相信你能深情。

她的內在情感仍然澎湃，但不是對你而已。

現在，就算他說仍想念你，你也不會輕易相信了。

有過太多次，認真看待他說過的話，然後卻發現是自己過度解讀了。

後來你學乖了，不管是思念、承諾或者愛，只要出自他的口，你都會打個折才相信。

而那個折扣，在每次傷害後越折越深，最後歸零。

深情不是多容易記起一個人，而是多難忘記一個人。

像他這樣的人，要記起一個人很容易，可惜，同樣地，忘記一個人也很容易。

你自知不一樣，你一旦記起了，要忘記便會很難，所以你絕不輕易重新拾起。

一旦他看清楚從你身上獲得的不過是他自己缺失的投射，
就會變得興趣缺缺，對你曾經的過度重視，
變成後來的過度貶低。

備胎

two

初戀是永遠的資格

仍然記得中學時一天放學後，跟略懂日文的鄰班男同學分享著耳機，站在沙田連接沙田廣場和好運中心後面那條極少人走過的天橋，一起聽宇多田光的〈First Love〉，以前沒有手機，音樂和歌詞也不會在手機上出現，他用男生有點笨拙的手寫字寫了中日對照的歌詞，他教我讀，然後我們試著跟上歌詞哼唱，他一直說這位天才新人歌手很棒，而我只是喜歡這一首歌，後來家裡有兩張《First Love》的唱片，現在回想也許一張是他的，這算不算是我的初戀記憶呢？我們甚至不是情侶啊，但不知為何就是有一種曖昧而溫暖的感受。

「不知道那個他現在過得好嗎？」無數次心裡湧現這一句吧，不管當時發展到哪個階段，只要當想起一個故人，會充滿懷念地想起這句話，就可以說那是初戀了吧？

「你過得好不好？」這句話不是任何人都有資格問，如果狠狠傷害了對方，讓對方陷入最深的孤獨徬徨的處境中，還敢問嗎？

如果是第二三四次戀愛，狠狠地傷害了別人之後才分手，那麼你連想一個人的資格都沒有了，更加沒有資格在事隔多年後跳出來問人家一句：「你過得幾好嗎？」

但是，看過日劇《First Love》後有新的體會，初戀有著獨一無二的地位，初戀在我們的人生中享有好多的特權，當初不管誰負誰，最終都該放下的，這才叫初戀。

初戀美好不是它的美，而是人們應該用寬廣的心來看待它，畢竟那個人開闊了我們的視野，第一次真正看見生命中的光與影，都是如此美麗。

初戀的傷害，都不是故意的，不帶惡意的，更絕不是玩弄。

就算當時對待對方的方法錯了，拙劣不堪，但至少是真心誠意的，至少我們曾經全心投入進去。

只是那時我們太年輕，連自己都不了解自己，更別說了解愛，或者了解男人女人的需要。

就算後來很多人未能原諒，我們總是可以原諒初戀的那個人，因為初戀就是個永遠生效的資格，曾經的錯只是懵懂無知。

或許讓人無法忘懷的正是那種永遠難解的矛盾，初戀是最放得下，卻也是最執著的。

不知道出軌不等於沒發生

「他的妻子那麼完美，他居然還要出軌！而且那第三者完全比不上他的妻子，這樣還出軌，真是怎也說不過去！」旁觀者說。

「只要另一半不知道出軌，出軌便沒有發生。」是當事人的豪語。

明明有很好的另一半，還想出軌的原因，是以為自己可以分成兩個人，一個是真實人生(Real Life)，一個是幻想人生(Fantasy Life)，以為是平行時空，互不抵觸。

既然不屬於真實生活，就不涉選擇，無所謂優劣，也無從比較。

由得到的一刻，幻想變成了真實，於是又去尋找另一個幻想，另一種圓滿。

對他們來說，生活就等於忍受，不時需要多一點刺激的東西，讓生活變得容易忍受一些。

這樣的人花時間心力在兩個身分、兩個世界之間切換，並以切換得完美無瑕自傲，卻輕視那些在平凡和忠實中找到幸福感的人，認為他們太容易滿足。

畢竟真實人生再理想都好，要經營就有甜有苦，有種人只想要甜，半分苦頭都不想要。

其實這樣很悲哀，沒法從平凡生活中找到幸福的感覺，不是幸福缺席，而是知覺變鈍了，因此，身在福中不知福。

他們不會感到內疚，甚至仍然覺得自己是好人，自覺犯罪的不是他們本人，他的「本我」仍然很愛另一半，只是一個人不單止能愛一個人。

如果對他們說：「你該珍惜有這麼好的另一半，不要做出傷害對方的事。」他們也會大模廝樣地說：「我很珍惜啊，只是當放關係一個假期罷了。」

關係、戀愛或婚姻，不是工作，可能需要喘一口氣的空間，但出軌是背叛，不是放假，失去那尺度，混淆視聽，便是謊言。

什麼都想要，不想割捨，要了又不全心經營，這不叫珍惜，叫貪心。

瘋狂的愛是自我投射

煲劇不難聽到一句對白：「你問我喜歡你什麼？我也說不出來，但我就是日日夜夜都想著你。」

聽起來很浪漫吧，但現實中越瘋狂越沒理由的愛，有時越要小心，因為你只是碰巧他投射了自己缺陷的對象。

古希臘學派說，每個人都像在尋找自己的另一半，傳說中的靈魂伴侶，在榮格的心理學說裡，則提出深深吸引我們的，其實正是自我的投射。

如果說愛人是一種自我的圓滿，愛或多或少都有這個填補自我缺失的成分，所以才讓我們有衝動和力量去追尋，但問題是，被愛的是否真如愛人的所想像？他在你身上所追尋的特質，是不是他一廂情願的想像強加在你身上呢？

譬如一個一生循規蹈矩的人，中年的戀情可比少年時更瘋狂、更不惜一切，在熱戀的一刻，他當然覺得戀愛對象值得他這樣做，但這並非因為熱戀的對象真比少年時遇到的好，而是他的人生來到那個時間點需要這件事的發生而已。

當然，投入的感情可能是真的，戀愛對象的確也有讓他動心的優點，但換在他人生的另一些階段遇見同一個人的話，他的愛就未必如此絕對了。

讓一個人狂熱的，是某個階段裡面的自我需要，這種愛會讓人窒息，因為這種愛最容易轉變成恨，任何不如所願的都會帶來極大的失望和挫折感，他並沒有將你看作有自己想法的真實的人來看待，因此不是真的想了解你。

一旦他看清楚從你身上獲得的不過是他自己缺失的投射，就會變得興趣缺缺，對你曾經的過度重視，變成後來的過度貶低。

所以當一個人曾給你極大的愛，不要以為永遠都會在，反而是那些看似淡然的喜歡，或許才是真正欣賞你。

2

你有沒有想過我

愛情這種事情，有人在漫天大雪中冷死，有人在春天花海中泅游，靜羽最近有很深刻的體會。

教書的她，從學校離開已經是晚上七點，不可能煮飯，於是一如以往發了短訊給丈夫顧庭。

「我現在回家，今晚想吃什麼外帶？」

還在吃厭了的幾家餐店中選擇，沒想到傳回來的一句卻是：「我想跟你離婚。」

想假裝沒有讀到，等著他收回卻已不可能。

為什麼是今天呢？明天就是升職會議的時候，為什麼不能等到結果呢？

回家的路異常漫長，心底雖然知道最近跟顧庭是完全沒有交流，這對孩子都未有的夫婦來說很少見吧。他們連旅行都分開去，主要是因為她想去的地方他不想去，他想去的地方她沒假期去，結果就那樣了。

不過靜羽還不至於覺得婚姻走下坡到那個程度，不對，顧庭一定又在想什麼，認識他以來他都是這種事事三分鐘熱度的人，忽然就冒出什麼新奇想法，像是忽然辭職說要出國工作，完全不問靜羽在這邊的工作怎麼辦，幸好那次的簽證沒有順利批出，他一直說那間公司沒有誠意，那件事也就不了了之，就結果論靜羽不用放棄教職出國，讓她鬆一口氣。

好吧！他一定在鬧彆扭，今天就買他喜歡的下酒小食回去吧。

在超市排隊付款時，不禁偷瞄別的隊伍裡的人，雖然大家樣子都疲累而匆忙，總覺得沒有人像自己那樣懷著一顆忐忑的心站在這裡。

回到家，顧庭竟然已經在打包了，已經封好的紙箱讓靜羽不得不相信他是真要離婚。

「你這是在跟我開玩笑嗎？」靜羽放下下酒菜問他。

「我沒法繼續跟你一起了，我已經租了地方搬出去，這樣對大家都比較好，無謂拖拖拉拉的。」

他這麼講，讓本來想靠近去拉他的手的靜羽，停住了動作。

「我不是依你意思申請做副校長了嗎？」靜羽急了：「如果是我這陣子冷待了你，過了明天的會議一切便塵埃落定了，你何必現在搞這一齣？」

「根本與那個沒有關係。」顧庭冷漠地說。

「那是為什麼？」靜羽啞聲問。

其實她不想知道答案。因為任何一種答案都等於判她出局。

「錢我可以給你。」

「你跟我談什麼錢？我問你原因。」

越談錢，越談什麼都可以給你，越表明他對這段婚姻有多不耐煩。

婚姻對他來說是終身監禁，但對靜羽來說，婚姻是幸福，即使當中有幾多不快，不管為了維持這個家的開支工作有幾受氣，只要知道回家會見到他，可以跟他一起吃飯，即使是外賣兩餸飯，都是她每天的動力。

雖然已數不出顧庭有多久沒有看回家的她一眼了。

「是不是認識了別的女人？」靜羽不想聽到他親口說，惟有自己提出。

他沉默了一會，然後別過臉說：「這層樓我也可以不分一半，總之我希望你能簽字。」

靜羽衝前去，狠狠刮了他一巴掌。

「我三十九歲了，嫁了你五年，如果你不想跟我到老，當初是為什麼要娶我？」

「你根本不知道什麼是愛情。」

「我不知道……愛情？」靜羽覺得可笑極了。

她一邊笑，一邊淚如雨下。

他始終沒有正面回答，只拿出更多的補償，等同承認她的指控。

他居然還能理直氣壯責怪她不懂愛情，他懂的是愛情的升溫，她懂的卻是愛情的幻滅。

「顧庭是來了我錦田的老家住。」顧庭的中學死黨交往至今的只有阿南這一位，他也是靜羽跟顧庭結婚時的伴郎。

是自覺窩藏了罪犯吧？靜羽覺得阿南在電話中的語氣比平時更必恭必敬，又或者是出於一種同情？

「那個女人是誰？你認識那個人嗎？」

阿南沉默著。

「我也不想當個為難別人的女人，但我也要知道死因啊。」

「其實那個人我也認識……」

「什麼？是你介紹他們認識的嗎？」

「不！不！當然不是。」阿南情急了。「她是我們的中學同學……」

中學同學？靜羽想起了。

結婚前，靜羽有一次一個人上他家等他回來，百無聊賴地，在他的書架後面發現了一本相簿，便好奇翻開一看，全是他的中學照片。

這一點都不出奇，但奇在當中有三分一的篇幅都是一個女學生的獨照，最後幾張，是她在學校以外穿著便服拍的，甚至還有似是她的簽名。

女生並不是那種驚為天人的漂亮，但在男人的眼裡，或許笑起來甜甜的、帶著陽光氣息。

當時靜羽就問他那是誰，為什麼還要索取簽名這麼誇張。

「是那些年的女神嗎？」靜羽問的時候並不覺得事態嚴重，畢竟每個人都有過去吧，靜羽希望自己是那種通情達理的妻子，她不會沒自信得為一點陳年往事呷醋。

而且顧庭雖然有點孩子氣，但對靜羽是相當不錯的，半夜餓了會開車去買跨區的宵夜給她吃，而且真是看著靜羽吃完就心滿意足地走，某程度上顧庭是個單純的大孩子，他並沒有其他渣男所有的惡習，怎麼看他都似乎是個值得托付終身的人……

「不要亂說啦，只是有個女同學當年做模特兒，拍了些照片，四處分給我們罷了。」他說完即把相簿奪回。

「那你不要帶來新家啊。」當時已經買了現在的居所，婚禮定在三個月後。

那本相簿後來真的沒有再見過，當時想當然以為他丟了，現在想想也許他只是把相簿交給別人保管吧。

「她也有四十二了吧？」這是顧庭的年紀了。「她沒有結婚嗎？」

「有是有，但她最近離婚了，還帶著一個九歲大的孩子。」

九歲？怪不得上次逛商場的玩具店時，他望著櫥窗問靜羽：「九歲的男孩子是不是喜歡這些？」他問的是鐵路火車的大型玩具，靜羽只以為是他自己想玩。

「你還是問他吧？這種事情，我旁人不好說太多……」

「當然了，兄弟才是一輩子的。」靜羽帶刺地說。

「也不是這樣說，我也有勸他的，叫他別瘋了，但他就是勸不聽……」

最後阿南給了靜羽一個資訊，原來他們是半年前的同學會開始重新發展的。

不過這只是阿南一方的說法。

還是他們一直有在聯繫？只是瞞過了所有人？

靜羽想想也覺得可怕，原來顧庭一直沒有死心，一直在等那個女神離婚。

如果是這樣，當初就應該支持他出國是嗎？如果他不是留在香港，就不會跟從前暗戀的那個女人走近了。

不，自己想這些太傻了，問題是靜羽在他心裡到底算什麼？

靜羽想起了，半年前，顧庭開始叫她申請升職，打從那時起她便日日忙得昏天暗地，有時連週末也在帶隊出席各種活動，根本沒有時間精力去留意他的日子是怎樣過的。

他是幾時開始變得這麼有心計的？

難道不全是他自己的主意嗎？

那個女人也有份嗎？

那個女人想要的是他的話，為何當年沒選擇他？現在才接受他，真是因為被打動了嗎？

靜羽在街角等顧庭從新居裡出來。

他看起來心情很好，衣服明顯配襯過，這條褲子他說要熨才能穿，所以很少穿，如今也穿上了，頭髮也造型過。這些，他跟靜羽外出時早就放棄了。

他步向小巴站，排隊的人很多，他登上了一部開往鐵路站的小巴，幸好小巴班次很密，靜羽登上隨後開出的一部，在鐵路站的月台上再次找到他的身影。靜羽躲在另一卡車廂望著他。

靜羽難以想像自己要做這種事，想到很快就要失去他，隔著這個距離望著到此為止仍然是自己丈夫的人，又覺得或者自己根本從未擁有他。

靜羽以為他是去找那個女人，沒想到他下車後來到一間小學外，學校剛響鈴沒多久，一個揹著書包的小男生出來，很熟練地拉住他的手。「我好餓，叔叔，有什麼吃？」男孩殷切地問他，像眼前這人一定不會讓他失望。

顧庭給小孩遞上剛才在便利店買的麵包和維他奶，但男孩鬧起彆扭來。顧庭雖然無奈但仍然笑容燦爛地哄著他說：「昨天不是說這款麵包好吃嗎？叔叔才特意買給你的，今天怎麼又不吃了？」

靜羽記得以前顧庭最討厭朋友的孩子叫他「叔叔」，一直堅持叫「哥哥」就好，說「叔叔」太老，被朋友笑他：「明明都三十幾歲的人了，在孩子面前還自稱平輩，怎麼好意思？」沒想到今天，他會自稱「叔叔」，還樂在其中的樣子，他已經什麼都沒所謂了。

「今天想吃蛋糕？好，那就去買蛋糕，接下來就要去上興趣班了啊。」

然後他們走向商場地下一間日式蛋糕店裡，顧庭蹲到跟男孩一樣的高度，陪他指東指西挑選蛋糕，靜羽站在店外，默默看著這一幕。

靜羽其實並非不想要孩子，相反，她每次看見別人家的小孩就覺得很可愛，當初也是因為這樣才加入教育行業。

在靜羽對顧庭的愛意最濃烈的時候，她真的好想生個有他眼睛鼻子的孩子，可是顧庭卻說不想要，這個意願，算是他持續最長時間而沒有改變過的意願了，即使覺得可惜，也只得尊重。

他和小孩買了蛋糕出來，他剛接了電話，靜羽躲在柱後偷聽。

「現在就帶他去興趣班，沒問題，他很乖……學費我會替他付，你不用付我，真的，有什麼所謂？我小時候要是能上這種畫班不知道有多高興呢！就當彌補我自己的童年吧！哈哈……」

明明不喜歡小孩，如今卻連別人的孩子，忽然又喜歡了？還願支持那個小孩上興趣班，親自管接管送。

最傷不是失去，而是知道他在為別人付出。

以為不會見到他了，沒想到在這三月的下雨天，他會站在校門外等靜羽放學。

「你先生真好。」單身的女同事一臉羨慕地說。

靜羽一言難盡地苦笑了一下。

上次他來接她放學是幾時？好像有兩年了吧？不，可能更久了。

那次為了什麼事吵架呢？已經忘記了，但記得當時他是來哄回靜羽的，還買了靜羽喜歡的椰子咖啡，聽說是山長水遠自大埔買回來的，等她出來時冰都融了，雖然如此她還是覺得很高興，他就是有這種不顧現實一厢情願的習性，讓人又好氣又好笑。

有一秒鐘幻想他是來哄回他的，但下一秒鐘便知道這不可能。

「找我嗎？什麼事？」步出校門，打著傘的他走過來，猶豫了片刻，才決定遮著她，而他自己卻情願站在傘外，這片刻猶豫讓她心碎了，最後一絲希望也幻滅了，就算是陌生人，見一女子在雨中無傘，也會好心遮一段路吧。連共處一傘也不情願，是連陌生人也不如了，竟然法律上還是夫妻呢。

雖然知道女同事可能看著，但靜羽還是退出了他的傘外，任雨淋濕自己。

把傘推過來吧，如果你還是個男人。心裡這樣發出最後的祈求，但他沒有這樣做，竟然把傘收回，只替他自己遮雨。

果然只是個自私到最後的男人。她太失望了。

「你幾時可以簽字？我 WhatsApp 了你許多遍你都不讀不回，逃避也不是辦法啊，都這麼大的人了。」

這是什麼話？靜羽瞠目結舌地望著他。

搬出去時，他的話也沒說得這麼無情。這跟剛才靜羽的最後一點幻想構成太大的反差，讓她覺得很可笑。

「你跟我說一句老實話。」靜羽冷靜地問：「你決定跟我結婚的時候，心裡還有她嗎？」

「你……聽誰說的？」他顫著聲問。

「不要拉到別人，我是問你自己，問你的心。」

顧庭抿住唇沒有說話，他還要思考多久才肯承認？一個被他辜負了八年青春的女人正在他跟前淋雨。難道她連一個事實都不配知道嗎？

「她很早嫁人了，但她嫁得不好，我一直都擔心她……」他頓了頓，似乎是發現連這一句都說多了。

或許這三句才是他最出自肺腑的真心話吧。相戀三年，結婚五年，沒想到今天才知道他心底裡的想法。

「那為什麼要跟我結婚呢？」靜羽啞聲問。「你就一直等她不行嗎？」

為什麼要給靜羽幸福的假象呢？

這八年的歲月，也許靜羽沒有他，早就找到能牽手一輩子的人了。

「要我怎樣說呢？總之事情就這樣了。」

「你以為她一輩子都不會將你看上眼，所以現在很開心，以為人生走運了是吧？」

他一臉為難。

「那我呢？你有沒有想過我？」

「你很能幹，也一定會遇到其他人的……」

「我三十九歲了你知道嗎？」

「年齡不是問題，她都四十二了，仍然很漂亮……」他又說了不該說的話。

靜羽笑了，看一個男人被迷得神魂顛倒的模樣。

「我一定不會離婚。」靜羽收起笑容說。

他有點慌了，從他眼神中，可見他也不肯定，他還沒拿穩那個女人的心。

「你這樣有什麼意思？」他問。

「幾年之後，你就會知道她對你的愛真不真了。」靜羽說。

不久之後，靜羽跟那個女人見了面。

收到顧庭的短訊，說想回家取一些物件，那些東西於她也無用，靜羽便叫他自己回去，密碼沒有變，靜羽在開會未必趕得及回家。

當靜羽回去時，老遠就認得那個九歲的男孩子，跟一個身材瘦削的女人一起站在街燈下，精力旺盛的男孩子繞著街燈不斷轉，女人則在低頭看手機。

當靜羽走到他們身邊，女人抬起頭看她，她很快便認出靜羽。

女人已經不是十幾歲時穿校服的少女模樣，但在顧庭眼中即使她的衰老和疲憊也是楚楚動人的吧。她不算錯愕，既然來到靜羽家樓下，是覺得碰見也沒所謂吧。

靜羽就那樣靜靜跟她面對面站著，男孩感覺到氣氛異樣，才站住，望望靜羽，又望望母親。

「為什麼現在才選他？」靜羽問女人。

「我有一個兒子，他有一層樓，如果你是我，你便會明白。」女人開口說，她的聲音有著抽了很多香煙的沙啞感。

所以答案是很清楚的，或許整件事都是顧庭單方面的愛情故事而已，她愛他嗎？不見得。

不清楚女人有沒有這樣開門見山告訴顧庭，不過相信就算她有說，顧庭也會覺得自己是把握機會拯救美人的超級英雄吧。

她覺得靜羽會同情她？還是想靜羽羨慕她？有男人死心塌地的愛，還有可愛的孩子。

「別在孩子前講這些。」靜羽說，九歲的孩子什麼都懂，不管怎樣，孩子是無辜的。

靜羽正要轉身走的時候，女人竟然還追前幾步，在她身後低嚷道：「照顧孩子本來不難，但一個人照顧孩子真的很難。」

「他不是你的救生圈。」靜羽回頭對她說。「還有，樓他本來有半層，但他說為了跟你一起，那半層也可以不要。」

女人聽了，臉色一變，這話比任何一句更有效擊倒她。

顧庭這時剛好下樓來，他看見兩個女人在交鋒，臉色很難看。

倒是靜羽眉宇寬了，臉帶微笑對他說：

「我很高興可以跟你離婚了，不然我還要浪費更多日子。」

愛情這種事情，有人在漫天大雪中冷死，
有人在春天花海中泅游……

很遺憾感動不了你

「事隔多年，他仍然說在懷念我，真是令人不安，難不成要我直言，當年只當他是救生圈嗎？」不久前聽到一女子這樣說到前幾任的男友。

原來救生圈所奉獻的愛情，並不會讓人感動，如果太過癡情，甚至會引起不安。這樣，真是白費了一番情意，該儘早弄清自己在別人心中的位置，才去表達懷念之情，免卻尷尬，或被看成是古怪偏執的人，這樣的愛情一點都不淒美。

其實當個救生圈，本來沒什麼該被看不起的地方，一切是時機使然，而且當得起救生圈，多少有一些共通點，才能走在一起去排解寂寞。

也許是每天在同一個時間有空去聊天互相問好，也許是對同一件事取態一樣同仇敵愾，也許是感情受傷程度一樣需要彼此療傷……

或者本來興趣各異，至少救生圈願意去遷就，去融入對方的世界。曾經那樣為愛無私奉獻，已足夠讓自己自傲，不是很多人能這樣愛一次。救生圈拿出的勇氣，遠遠比被愛的那一方大得多。

到最後，對方表示愛的另有別人，救生圈也只能體面地退場。不要死纏爛打地問：「之前共患難難道不是愛嗎？」原來當對方當你是救生圈的時候，便不會有共患難的意識。

救生圈就是一離開渾水就會徹底忘卻的存在，說來遺憾，不管你覺得一起的時光有多難忘，在不遠的將來，你在對方心裡將不會留下任何痕跡。

只有自己活得好，才能擺脫救生圈的宿命，不要重蹈覆轍。

所以，若回心一想，對方從未明確說愛你，消失時沒半句交代，頂多偶然再碰到面時有一點點尷尬與不自然，你就可以確認自己原來只是他的救生圈，不必懷緬對方，只須懷念當年為愛無比英勇的自己。

最愛前度的美麗誤會

最愛是誰？

早前在網絡上遇到一條影片挺有趣的。主持人訪問一位男士關於前度女友的事，而他一位前度女朋友正在後台偷看著這一幕。

「你評價她多少分？」

「她很漂亮，我給她八點五分，但她大抵會給我六分。」

「為什麼會分手？」

「她拋棄我了。」

「你仍想念她嗎？」

「我每天都想著她，我本來想要和她結婚的。」

「你懷念和她一起哪些部分？」

「想念和她依偎在床上看電影，沒有她之後

從未覺得床如此冰冷和空虛。」

「有什麼話想她說？」

「我愛你，我想念你。」

另一邊廂，躲在暗處的男主持，問受訪男子的前度女友，你會重新考慮他嗎？

女人對自己聽到的很感動，她步出去，對男子說：「我不知道你這樣想！我也掛念你！」

男子回抱了她，卻對主持人打眼色說：「你們找錯人了！不是這個前度！」

一個人心中或者真有念念不忘的前度戀人，但如果認定那個人是自己，就可能撞大板了！

男人的感情，總好像有點愛不及時，是帶著時差的，得到時不當什麼一回事，甚至會刻意淡化自己的濃厚情意，去讓自己感覺不那麼容易受傷害，這也許是男人的自我防禦機制，壓抑了自己的感情。

反而，到了失去後，回心想想自己做得不夠好的地方、遺憾之處，感情的輪廓才清晰浮現。

男人的感情，多少需要一點愧疚才更有自覺。

話雖如此，男人的愧疚更像一種自我覺醒，由任性妄為的男孩變身成為肩上負上許多責任的大人，但並不代表對愧疚的對象，會有任何實質改變。

有些女生在戀愛當時已明知不能走得遠，卻沒有逐點收回感情，反而投放得更多，只為了來日要成為男生最難忘的前度戀人，最後卻是白忙一場的多。

誰也不用犧牲自己去給別人上一課成人禮，因為你永遠不能估計自己留在別人心中的分量。

當我們發現自己做著這種帶著哀愁預感的奉獻時，不如捫心自問，是現在感覺輸了而不甘心，所以想要贏回另一個獎項嗎？這樣做真有意思嗎？

或許你會發現，你以為獨特的記憶，其實在他生活中只是重複上演，他跟其他人戀愛時也做著同樣的事。

男人常常在懷念中體會自己感性的一面，但理性上，現實中，卻很少會去找前度戀人。即使偶然想起，很多時也只是傳個訊息，言不及義地聊幾句，便又無以為繼。

也許心底裡，他覺得比起真的再度擁抱，自己懷念更加好。

誰也不用犧牲自己去給別人上一課成人禮，因為你永遠不能估計自己留在別人心中的分量。

我知道我對你不好

「她很決絕，每次傳訊息給她都會立即被封鎖，只能換電話號碼才找到她，所以能傳出去的只有第一句話。」男孩子問：「如果只能說一句話，我應該說什麼，才最有機會有後續？」

他試過談論天氣，自然被果斷封鎖；試過問近況如何，太空泛，似隨便找話題，找她殺時間，缺乏誠意。

他試過傳兩人一起去旅行拍的照片，但同樣的回憶或許他說是甜、她說是苦，在人家的傷疤上自我陶醉，當然教她厭惡。

任何像是風花雪月的對白，雖然給你自己留住顏面，但是被無視的機會也很高。因為她會記得，你不過是老樣子，最重視自己的感受的那個傢伙，對自己的劣質行為嘻嘻哈哈毫無悔意，她不需要知道像你這樣的人這一刻升起的感受或想法。

要抱住「這是今生最後能說的一句話」的心態去思索應該對她說什麼……

為了有後續，作為女人我覺得有一句話一定管用的——

請你對她說：「我知道我對你不好。」

不需要斟酌「不好」的程度，「不好」就是「不好」，要狠下心蓋棺定論，要給人你「不會再找藉口了」的感覺，事情才會有轉機。

只有一次機會了，你都選擇表達歉意的句子，那樣她才會感動。

若不是特別恨你，只是已經翻篇了才不想理你，你這樣說，會讓她覺得，你還不至於這麼糟糕，會想知你最近是不是有什麼事忽然想多了？

若對你恨之入骨，這也會讓她思考，你是最近知道，還是一直都知道這個事實？

她可能會答你：「你現在才知道嗎？」「說說你怎樣不好法？」「你還好意思找我？」

憤怒是好的反應，不讓她洩忿，感情就升不上來。

對一個女人「不好」的方式大致有兩種：

第一種是「失望」，是態度上的傷害，例如答應了的事情不做或從不答應任何事、不陪她去街、不承認她、不在乎她感受……

第二種是「辜負」，是行為上的傷害，例如一腳踏兩船、借錢不還、玩失蹤……

想一個已離開的女人理你，請認清楚你自己曾犯的是哪一種，然後真心誠意悔過。

你錯認了，她氣消了，然後才有可能有後續。

要是做不到，女人不再理你是必然的事。

想一個已離開的女人理你，請認清楚你自己曾犯的是哪一種，然後真心誠意悔過。你錯認了，她氣消了，然後才有可能有後續。要是做不到，女人不再理你是必然的事。

能否長久下去的愛情，有時差別就在最初的「決心」。
一旦下定決心，有困難只會想想如何面對、如何克服，
而不會責怪對方不夠有趣，或者負累自己。

愛的修行

three

沒有秘訣

很多時訪問恩愛夫婦或情侶，被遷就的一方往往說：「沒有秘訣。」

但另一方眼神閃爍，似有千言萬語不知從何說起，或者嘴角含笑，覺得對方不知情，是自己寵妻／寵夫做得出色之故。

其實怎會沒秘訣？不過是被寵的一方被寵得徹底，覺得理所當然罷了。

關於婚姻，我想起神父說的一個故事。

一個兒子對父親說：「我要結婚了。」父親的反應是：「先跟我道歉。」兒子不解，問：「為什麼我要跟你道歉？所為何事呢？」父親仍然只有這一句：「先跟我道歉。」兒子拿他沒轍，只好向父親道歉了，父親才解釋道：「能不問原因道歉，你可以結婚了！」

不是什麼心結未解，也不是不喜歡兒子女友，原來是父教子的人夫課！

老婆生氣了，做丈夫的最好趕快道歉，才是和平之策！如果硬要老婆說出生氣原因，恐怕更沒有安寧日子過，知道而做不到，就更糟糕了。

或許為夫都需要一點黑色幽默，才能在婚姻中化險為夷。

有一次我問一位好好先生，其妻個性比較火爆，有時會不會覺得難啃？

先生直接承認：「難啃！」那在妻子前毫不避諱的爽快，叫人莞爾。

一定是互相了解彼此的個性，沒必要再假裝，改也改不了，明知是地雷也踩下去，拿來自嘲，反而有另一種生活情趣。

「有錯自然要認，沒錯或不知錯在哪裡的話，照認了，但態度依舊就是了。」

這可能是許多人在婚姻中同時保持「和諧」和「自我」的秘訣。日子還是要過的，既然選了這個人，就讓對方充分當自己，欣賞對方的個性，也是一種快樂；體諒對方的成長背景和思維方式，能換位思考，也是愛的修行。

得不到的感情最美好，那得到了的又該如何？

誰都聽說過，那種對得不到的人念念不忘、放不低，回憶永遠美好的假象，甚至回憶裡面的美好都是經大腦修飾過、資料出錯的。說到底，記掛的心原是幻象。但是，一旦發生在自己身上，往往又無法抽身，為這種美深深著迷，就算再見沒有想像那麼美好，仍然是人不得不去撞破的幻象。

諾貝爾文學獎得主川端康成在得獎作品《雪國》中，描寫終日遊手好閒、沉迷西洋舞的文人富二代島村，與生於雪國的舞妓駒子一生中三次交往的愛情故事，駒子雖是舞妓，在他看來清純無雜質，而且和他深深相愛，每次他從東京過來，駒子為了見他一面總是拼盡全力，但他始終辜負了她，一再失約，到後來他甚至覺得駒子對他的愛是「徒勞」的，他哀嘆這種徒勞與人生的徒勞一脈相連，但卻沒有真正為深愛他的女人做過什麼。

兩個人糾纏一生的戀情，所呈現的淒美只因不曾得到，自然談不上失去，談不上醜陋或是凋零。

又來看看日本的國民詩人谷川俊太郎怎樣寫，他曾在詩裡寫道：「宇宙不帶任何感情，所以星星看起來才會那麼美麗。」真是對這種得不到的感情滿有詩意的描寫。他說自己寫這句詩時「並非站在宇宙那一邊，而是站在人的這一邊。」、「因為知道手無論如何都搆不到星星，所以才能將它當作一種概念或是抒情的玩物」、「如果能對此知道得更透徹，想必除了映在眼中的星光，就什麼都看不到了。」

看得太清楚，就半點想像的空間都不剩了。可是難道感情和浪漫就只源自想像嗎？難道就不能了解一個人仍愛著他嗎？

得不到的感情最美好，那得到了的又該如何？若是任由它變壞，就變成寡情薄倖了。

男人往往沉迷在得不到的浪漫之中，一旦得到了又很容易意興闌珊，倒是女人看得通透，當感情落入現實，則需要想像力，才能保持關係的美滿。

我又想起散文家、童書作家佐野洋子散文裡面關於想像力的一段。

經歷了兩次婚姻的佐野洋子，這樣描寫自己的婚姻：

「對女人而言，生活並非遊戲。在這場扮家家酒裡，我和下班回來的阿研躺在床上酣睡，轉眼間醒來就結束了一天。因為太年輕而不知生活為何的我，結婚時不僅不知道生活是多麼的正經八百，也不知道自己可以變得那麼正經八百。

若不在正經八百的生活裡加點想像力，實在很難活下去。

或許婚姻生活是，註定要玩工作這種『遊戲』的男人，和註定要正經八百面對生活的女人，一起摸索共同的想像吧。」

女人一旦動情，或許下終身的諾言，難免變得漸漸正經八百起來，這就如大家所說的，女人在婚後就變得不再浪漫起來，但其實，只是女人在非常認真努力地適應角色，其實女人竭力保持著鮮活的想像力，才能不去正視男人或共同生活的缺點。

我覺得，想像力也代表著希望。得到了的，要用想像力去延續活力，絕不能剝奪彼此對未來的希望，不管那夢想或興趣看起來多不切實際，多點哄著對方還是必要的。只要建立起對未來的大小願景，無分彼此地朝目標努力，生活還是可以充滿激情的，未來是未知的、未得的，也許「希望」是最接近「得不到的浪漫」的另一種方式，也是兩個人能維持下去的關鍵。

女人一旦動情，或許下終身的諾言，難免變得漸漸正經八百起來，這就如大家所說的，女人在婚後就變得不再浪漫起來，但其實，只是女人在非常認真努力地適應角色，其實女人竭力保持著鮮活的想像力，才能不去正視男人或共同生活的缺點。

愛人和被愛都必須是一個 package

某日在健康院聽到一對夫婦討論為什麼嬰兒防疫針沒包括哪種的問題，丈夫分析得煞有介事，妻子唯唯諾諾點著頭「是這樣啊」照單全收，看起來關係相當和睦融洽。

我不禁想，為什麼那位丈夫那麼有自信呢？如果我的丈夫這樣對我說話，八成會被我反問，你如何得出這個結論？

丈夫回來，我跟他討論這件事，他也笑說，換著是我，我一定反駁他。

「因為你就是這樣的人嘛！不然就不會寫小說啦。」他說。

是的，我的擅長就是反問，為什麼一定是這樣？為什麼不可以是那樣？

丈夫非常了解我，而且雖然無奈，但接受這樣的我。

因為人是一個package，不可以只要一些，不要另一些——好像抽中一個福袋，裡面總有些看得上眼的，也總有些看不上眼的，如果全部都是好東西，或許又輪不到你來撿。

經典電影《俏郎君》裡，芭芭拉史翠珊和羅拔烈福飾演一對性格和人生目標南轅北轍的情侶，但是奇妙地被愛情牽引在一起。女的不斷想改變男的，認為自己的生活方式才能為大家帶來幸福，令對方成為一個更好的人，但男方不同意。

她覺得他想她當個簡單的賢妻良母，是想扼殺她的個人理想，然而因為還有愛，有感覺，雖然分歧這麼大，要分開卻不容易，讓人痛苦。

其實，當初吸引她的東西，就是男人的溫文爾雅和寫作才華，這一點本來就和火爆型的她完全不同類。很奇妙的，當我們最初被一個人吸引，往往是因為他們身上有我們缺乏的東西，可以補足我們內心缺失的一塊，但相處下來，卻只會看見同一些特質的負面東西，變得不再欣賞對方，於是落入要改變對方卻改變不到的迴旋中。

當我們愛一個人，如果欣賞他有堅持的一面，就要接納他的倔強；如果欣賞他有穩重的一面，就要接納他的沉悶；如果欣賞他有趣的一面，就要接納他不會太正經；如果欣賞他有創造性，他就必然思想有點脫軌。

反過來說，當別人以愛之名，要求你去改變，也不要輕易自我懷疑或動搖。接受自己也是一個package，既然是某種性格，就接納自己，這種性格有便利和不便利的地方，甚至不需要說它是好或不好。

在某些人眼中是缺點的東西，在別的人眼中是眾裡尋他的優點，在某些場合是缺點的東西，遇著合適的場所能發揮到極致。

當我們愛一個人，如果欣賞他有堅持的一面，就要接納他的倔強；如果欣賞他有穩重的一面，就要接納他的沉悶；如果欣賞他有趣的一面，就要接納他不會太正經；如果欣賞他有創造性，他就必然思想有點脫軌。

3

恆溫

「魏盈，你老公好久沒約我啦！」仕進打電話給我的時候，正巧天宇在公司的 team building 營裡，那是個沒有約會閒在街看小說的假日。

「好，我幫你們約。」

「唉，總是由你來出手，我都不知道到底天宇當不當我是老友了。」仕進說。

「你最了解他了，他就是這種不愛社交的個性。」

「跟老朋友保持聯絡怎算社交。」仕進沒好氣地說。

「跟我聯絡也可以啊，我們也認識幾多年了？」

「二十年了，認識的時間已經長過我們人生的一半啦！你不覺得很可怕嗎？」仕進乾笑了幾下。

「這種事情不數著就好了。」我輕鬆地打發過去：「吃什麼好呢？」

「你們決定吧！」

「天宇喜歡吃中菜。」

「那你呢？」

「我沒所謂。」

「魏盈，你不是個沒所謂的人啊！是你才那麼就他，幸好天宇娶到你。」

「我也想見見你的新婚太太。」

「不新啦，都兩年了，是你們一直沒約我們出來罷了。」

「現在不就約了嗎？怎麼四十不到就像老頭子那樣反反覆覆囉嗦的。」

終於兩對人約出來吃飯，吃的是爐端燒，兩個男人滔滔不絕地講起大學時揹著營地工具去看到富士山的山頭紮營的往事。我跟仕進的妻子 Nat 則討論台灣著名麵包師傅的線上課程，我們兩對都是沒有孩子的夫妻，大可以盡情做自己喜歡的事。

「我們真該多點約出來。」吃到尾聲，Nat 說。

「你們好像做了幾輩子的朋友。」爐端燒的師傅一臉羨慕地說。

沒有人看得出，其實我們跟仕進的新婚妻子Nat只是第一次見面，只是一見如故罷了。

當年在富士山山頭紮營的其實還有我和仕進前妻，不過因為不想說到那個人，所以我才把話題轉開。

很久以前，我和天宇跟仕進和他的前妻湘齡四個人經常出雙入對。

當年天宇聽到仕進要跟湘齡離婚，不解地說：「結婚這麼麻煩，為什麼還有人會搞離婚？」

我跟天宇的婚禮的確花了不少心思，前期的婚照也拍了兩次，一次在本地拍，一次遠赴北海道拍，我對婚禮是有期許、有要求的，他則覺得整件事很無聊，都是女人的幻想，但作為丈夫的角色，還是盡力配合了，或許這就是他所說的「結婚這麼麻煩」。

或許他對我有很多不滿，不離婚只是不想麻煩嗎？被他這麼一說，我當然心有不甘，不過我當然也知道只是他不懂說話，他平時對我很好，而且非常忠誠，花天酒地的事情絕對不用找他，他這個人只是欠缺浪漫和驚喜罷了，我能接受他的這個個性，也許是因為我和他都算是個性務實的人吧！脾氣是有的，但因為鬧下去也沒什麼意思，總能和氣收場。但是別人未必這麼幸運，像湘齡就是性格剛烈的那種女子，都這麼多年朋友了怎會不了解，天宇是神經太大條了，對感情的事欠缺細心。

「那是你不懂，或者你慣了有人就你。」我指的是我。

「難道不是我就你嗎？」天宇不知真傻還詐傻，四兩撥千斤地笑著打發我。

好吧，我就得承認婚姻生活就是互相都有遷就的，我當時很慶幸，我們沒有像仕進他們那樣鬧到如此一發不可收拾，離婚終究不是什麼值得開心的事，就算有人比喻為脫離苦海，也不知前面是什麼光景。

就像如今，我看到天宇開心地跟老友敘舊的樣子便覺得心足了，即使常常要我出力促成也沒所謂。

離開餐廳的時候，是 Nat 去取車，據說仕進兩年前開車發生交通意外後，就沒有再開車，是身體狀況還是心理陰影，仕進始終沒有明言。不過他也就是在那次交通意外後，決定跟跟隨在身邊幾年的助手兼女友 Nat 結婚，所以我想，那次意外對他的人生來說震撼應該不小。

天宇也去取車了，我跟仕進在馬路邊等著，一陣靜默之後，他忽然問我：「你有沒有聯絡湘齡？」

了。

我有點意外他忽然提起湘齡，我以為男人理應比女人更易忘情，何況他都另娶他人

「怎麼了？」我問。

「她好像最終都沒再嫁吧？」

「你在意這個嗎？是還有感情還是還在罪疚？」我笑笑。

老實說，是有點替湘齡不值，湘齡年紀比我們都稍大幾年，離婚的時候年紀不少了，我還記得她紅著眼問我：「現在離婚，我下輩子怎麼辦？」

越想越氣眼前的男人，說離婚的是他，現在才來貓哭老鼠有什麼用？

女人的心情男人完全不懂，又或者總是懂得太遲，而女人的時間是很寶貴的，哪待得起男人慢慢領會。

但我也不想自己太過嚴苛，畢竟現在仕進才是我們的朋友，而湘齡已經和我完全失聯了。

「你現在很幸福啊！珍惜眼前人就好了，老友。」我說。

「我只是擔心她。」仕進眼神望向遠方，有點幽怨。「聽說她爸爸過身了，都沒有人管得了她，她這個人，橫衝直撞的。」

望著告士打道的大馬路，我想起以前每年夏天，我和她都會去書展捧一堆小說回來交換讀，雖然她年紀比我大，但可能被家人驕縱慣了吧，和她一起反倒我像個大姐姐，總是提點她這樣那樣，像是花錢別太瘋，這世界好多人都在捱苦，她好像明白，但過幾天卻高高興興告訴我，剛捐了一筆大額金錢給慈善組織，那組織在我看來有點來歷不明的，不過她就是這樣子，越勸她只會越壞事。

對於這個朋友，我當然是上心的，但到最後，是她對我說：「我們還是別見了。」

那年他們和我們兩對人常約出來，生活上的大小事，我都會立即跟湘齡分享。但奇怪地，有一陣子完全沒有仕進和湘齡的消息，於是在一個炎夏的夜晚，我打電話給她，接電話的是仕進，他的語氣怪怪的。

「出來吃飯嗎？」仕進支吾以對：「我現在不方便，遲些再跟你聯繫。」

平素一說約出來，仕進都是立馬答應。而且他的語氣就像很陌生似的，也沒有說把電話交給湘齡聊的意思。

「他說不方便？這什麼意思？」掛線後，我回頭問在電腦前工作的天宇。

「他真的這麼說？那就奇了。」

後來才知道，原來當時他們在冷戰。

湘齡是獨生女，雖然家境小康，但自小可算要什麼有什麼，買東西都不是名店不買，相反仕進家住公屋，他做生意所擁有的一切，都是自己一手一腳拚回來的。

每次話題涉及仕進的家人，湘齡的語氣總是不以為然，在她眼中，仕進的父母兄姐都是粗鄙之人，他們選用東西的品味也不時成為她的笑點，也許是心底裡有點看不起仕進的家庭吧。在她心中，認為結婚只是換個地點建構自己的公主城堡，其他不夠格的人，一步都別僭入。

有段日子仕進三不五時就要出差，有次仕進的爸爸生日，就叫湘齡代表他去吃頓飯。

「我才不會一個人去。」湘齡沒商量：「你不去我不去。」

於是那天仕進特意排了航班匆匆從外地趕回來，只為了一家人一起吃一頓生日飯，即晚就打算飛回工作未完成的地方，有夠勞碌的。約定了在湘齡的辦公室樓下開車接她，但他打算先回家收拾一點隨身物品，結果去接她時便遲到了。

湘齡一上車便不斷開口罵他，整程車開了一小時，便罵足一小時，仕進沿路一聲不響，只是默默駕車。

那晚吃完生日飯，仕進如期離開了香港，隨後的兩星期，他一個電話都沒有打回來過。

湘齡等得急了，但出於她自己的心高氣傲，當然不會直接承認自己理虧在先。

等他回來時，也是一聲不哼，湘齡沒有乘機做點什麼緩和氣氛，反而咄咄逼人地問：「你這是想怎樣？還沒氣完嗎？是不是要離婚？」

聽到最後一句問題，仕進才終於回頭望進她的雙眼，這一眼是多麼無情啊，她知道自己闖禍了。

「是你說的，我沒有說。」仕進這樣就同意了。

碰巧，我就是那時候打電話給他們。

怪不得當時他的語氣那麼不尋常。

這些都是仕進後來告訴我的。

「當時她在車裡不斷罵不斷罵的當兒，我就心想，這個人是這麼陌生，我們之間真是一點感情都沒有了。」

「但我是男人，既然娶了她，只能默默忍耐，離婚我是不會提的，但如果提出的是她，便另作別論了。」

說到底，誰迫到誰行這一步，我作為旁觀者無可置喙。

兩個都是我的朋友，我當然希望他們安好，我們四個可以開開心心一起交往到老，但是，婚姻生活畢竟不是做給外人看的，最重要是兩個人的感受。

是不是有一方收斂就可以改變這個結局呢？但是受傷了的心、心灰意冷的心，或者已經錯過了還能挽救的時候，已經沒有能重燃的餘燼了。

但是，作為女人，我也擔心心高氣傲的湘齡，她不是那種會求助的人，也許又在亂買東西洩忿吧。

他們離婚的進度比我想像中的快，我跟天宇說本來以為還有可以讓我們插手的餘地，一直忙公事便耽擱著，哪知不出三個月便簽紙了。

天宇只是說：「別介懷你出不了力，人家都成年人了，自有想法吧！總不會因為你說一兩句就沒事兒一樣繼續下去的。」

「你說得太輕鬆了，你只是一說到感情的事情不懂得處理罷了。」

「如果我懂得處理，我就不是我啦。」天宇聳聳肩說。

的確，感情事真正懂得處理的沒有幾人，或許就是因為不懂，才會選擇忍耐，但忍耐是否等於幸福？如果是我，也不希望對方跟我一起只是為了盡責任，但我未必可以像湘齡那樣放手得這麼爽快。畢竟她在最初可是哭著對我說「我下半生怎麼辦？」的人，沒想到她哭完就重新振作了，至少在表面上是這樣。

仕進會這樣忽然想起前度，也不是第一次了。

或許這是某種男人的浪漫？也不知道這樣的懷緬，到底有沒有真感情在。

或者男人的感情，多少需要一點愧疚才更有自覺？

他們離婚後幾個月，仕進忽然約我們聽一個交響樂團的音樂會，未待散場，坐在我右邊的仕進悄悄對我說：「有機會打電話給湘齡安慰她一下吧。」

當時貝多芬的第八交響曲正演奏到激昂之處，因此我無法問他為什麼會生出這個想法，憑什麼覺得湘齡需要人安慰？我也不想湊近與他交頭接耳，以免坐在我左邊的天宇以為我們有什麼不可告人的秘密。

「你不用擔心我啊，我過得挺好，也有交男朋友啊。」湘齡搬到服務式住宅，我獨自去探訪她時，她剛鋪了一床配襯好的衣飾，鏡子前面堆滿了化妝品，化妝品的瓶蓋都是打開著的，地上擺滿了名店的購物袋，幾乎擋住了進來的路，可以感覺到她其實不太歡迎外人，雖說是服務式住宅，但恐怕來打掃的人也服務不到她什麼，因為不可能私自挪開她的物品清掃。

湘齡跟我說自己過得很好時，一直沒有望著我，她在鏡子前配襯著不同的手袋，看起來沒有一個滿意。

「是什麼人呢？沒有聽你提過啊。」我儘量輕描淡寫，畢竟她實在沒責任跟我交代什麼。

或許離婚代表的不止是兩個人分開、換個居所這麼簡單，連帶身邊的人的關係也要重新定義了。

「比我年輕的男人啊，比郭仕進還要年輕。」她開始連名帶姓喚前夫了。「做金融的。」

「有他的照片嗎？或可不可以一起約出來喝個茶？」我問。

「怎麼啦？你怕我故意編造一個男朋友出來騙你嗎？」沒想到湘齡反應這麼大。

「我只是……想像了一下或者我們兩對可以一起玩……」

湘齡這才像洩氣的皮球那樣在床沿坐下，嘆了一口氣，不知是覺得這主意很糟，還是遺憾做不到。

「我們是以結婚為前提交往的，畢竟我年紀也不小了是吧？」說到這她才看著我，終於感覺到她有意思跟我好好談談。「不過呢，他想我婚後不工作，天天在家煮晚飯給他吃，你知道的，我不是這種女人，你覺得，如果這個人真向我求婚，我該不該嫁他？」

這個問題看似簡單卻又很複雜，簡單的是如果你對一個人有愛情，根本不會思考這麼多，問題是人的感情並非想有就有的東西。

複雜的是如果不接受，往後又怕找不到願意一起終老的人了，回想起來會後悔如今自己的不妥協嗎？但若說好了在先，卻做不到的話，會否也只是另一段失敗的婚姻的開端？

我坐在她身邊，思索了良久，才問她：「你願意為一個人改變自己嗎？」

「我不願意！」她倒是答得斬釘截鐵。

我想我們都明白到，答案已經很明顯了。

我常常覺得，婚禮誓詞裡的那句「我願意」，是我願意改變自己。

如果一個人不願意為任何人而改變自已，大可不必走到結婚這一步。

如果沒有需要另一個人相伴終老到改變自己的地步，何必多此一舉呢？

婚姻生活中多的是沒趣的事、忍耐的事、麻煩的事。還有對方的家人、朋友，都要維繫。

除非對方愛你如珠如寶，隨你任性，但多數婚姻，就算是男人，其實也渴望著被照顧。

可惜的是，女人渴望婚姻，多是為了被另一個人寵愛，而不是想找個人來照顧。

這次是我跟湘齡最後一次見面了。

最後，她送我出門口，是她說：「算了！我說啊，我們還是別見了，我見到你，就想起他。」

我雖然有點意外，但很快又會意過來，也接受了這段友情的結束。人的感情本來就很脆弱的，覺得不舒服了，何必為難自己呢？

我其實是欣賞她的，欣賞她對自己的了解。

今次仕進再叫我去找她，我也不會找了。

何必打擾別人呢？男人的浪漫，就留給男人去勞心好了。

如果一個人不願意為任何人而改變自己，大可不必走到結婚這一步。
如果沒有需要另一個人相伴終老到改變自己的地步，何必多此一舉呢？
婚姻生活中多的是沒趣的事、忍耐的事、麻煩的事。還有對方的家人、朋友，都要維繫。

疼愛方式的錯配

男人說他比妻子罵，但自問已很關心她，不明白她氣個什麼。

她說：「你都不關心我！」他說：「怎麼不關心你呢？我也要上班，每天你傳訊息給我不都儘快回覆你了嗎？」「你都不疼我！」「如果不疼你就不替你想解決辦法了吧？」「解決解決，解決個什麼呢？我只想你當我是一個人，話題不要只是今天的問題怎樣解決！」

「我什麼時候不當她是人了？」男人問我。「怎麼說得那麼嚴重。」

我想她非常清楚，生活中很多問題，根本解決不來，只能咬著牙忍耐。

簡單如上班等下班，大事如等疾病康復、等經濟環境好轉、等孩子長大、等分隔兩地的人團聚……這些，都與人有多努力、多聰明無關，只能默默忍受，等待最壞時間過去的。

面對逃離不了的處境，善解人意的另一半可以讓壞境況過渡得輕鬆些。

所以，她要的其實只是「理解」與「疼愛」，而非解決問題的方法。有了疼愛，才會覺得自己是個人，而不是一部機器。

她想要的只是更多表達「愛你」、「想你」的話語，一句「你已做得很好了」的讚美，一些「我不在時你過得好嗎」、「想聽聽你的想法」這類心靈上的關懷。

「其實，每天辛勞工作回來，我何嘗不是只想見到她更多笑容。」男人說。

原來，他們要的都不多，她只想疼愛的話語，他只想她拿出笑容，但當雙方都承受壓力的時候，連這麼簡單的東西都忽略了。

我們以為男女不同的疼愛方式，其實是表達和接收的分別。打算一起牽手走下去的兩個人，更加應該溝通，了解怎樣的相處方式是彼此期望的，才不會用力維繫卻一直在方法和力度上錯配。

愛的決心

讀了日本小說《木曜日適合來杯可可亞》，裡面寫一對結婚五十年的老夫婦對婚姻的看法挺有趣。

小說中女主角請教他們：「永恆的愛是不是很難？」

「是啊，那既是非常困難的事，有時也非常簡單。只要決定去愛，那就是愛了不是嗎？愛本來就是這麼自由的東西喔。」

有人說愛情很複雜，但其實複雜的是人，是人的自私、貪慾、軟弱，透過男女關係來尋找刺激，去證明自己的吸引力，男女關係中，有幾多真是愛別人，還是只是愛自己？

「不必是真命天子，不必是永恆的愛，也不必特地發出誓言。」書中所寫的這一句，不就是很多老老實實地愛著的人的心聲？

對某些老實人來說，愛沒有什麼多餘的表

態，既簡單，又自由，是自己選擇的人，從決定了要與這個人廝守的那一刻開始，愛就開始了，沒想其他那麼多。

能否長久下去的愛情，有時差別就在最初的「決心」。

一旦下定決心，有困難只會想想如何面對、如何克服，而不會責怪對方不夠有趣，或者負累自己。

當然，一起之後還是會發生許多事，也有討厭對方的時候，但是若是說到後悔，總覺得還不至於；說到人生重來一遍要不要選別人，也總有一點不捨得。

有時候也不牽手，只是一起走，安靜無語，心裡知道「我們都已經很努力了」。

這是愛情，也是生活，浮躁也是愛情的一種狀態。

「五十年後，不知道會變成怎樣，可是現在，我希望五十年後仍和他在一起。讓我如此祈願的人就在身邊笑著，我發現這一瞬間比什麼都重要。」這樣的人已在你身邊出現了的話，請好好抓緊他，別被太多擔憂懼怕影響感情。

從眼神開始失溫

相處久了的關係中，有一個很常見的疑問是：「為何他／她有時會像很討厭我那樣望著我？」

這樣的眼神令人心傷，久而久之，迴避眼神的接觸，愛情漸漸失溫。

如果幸福是足夠，那麼，嫌棄的眼神讓人感覺到的是幸福的相反，是「好像我做什麼都不夠」。

很多時，一個人傾向發現問題，另一個人就會傾向不想理會對方提出的問題，發現問題的人可能較有危機感，但較不敏感的另一人只會覺得心煩。

迴避眼神，就可以迴避對方可能發現的問題，理性上、行動上，自己省卻後續處理的麻煩，感性上、情緒上，也是一種自我保護，不想再被否定，不想再覺得自己做得不夠好。

但是對方的需求越不被正視，便越焦躁，憎惡的眼神漸漸變成惡毒的語言。我們不時會遇到一些夫妻不斷咒罵對方吧？演變成這一步，都是由眼神開始的。自己未必意識到用上了憎惡的眼神看著對方，一方面是在心中看對方的某些行為不順眼，另一方面，其實是在等對方肯定你的苦勞，因為一直等不到，所以心懷怨懟。

當我們了解自己的這種心態，倒不如開心見誠講出口，對方才會知道你的需要。

有時我們不介意付出，但是我們需要被肯定，這樣的肯定不是一次就算的。

可是不要以為提出自己的感受，就是想任何一方作出改變，如果這樣假設的話，便會把每次談話導向自我防衛的方向。

溫柔的眼神誰都想看，但是溫柔並不只是笑瞇瞇，或者什麼都認同。而是不時確認知道對方已盡力，感謝他為關係作出的改變，你知道是不容易的，當對方發現你能易地而處，繃緊的情緒才能鬆縛，回以溫柔。

離不開一個人，有時迷戀的，
不是他本人，而是一份熟悉感。

曖昧

four

與熟悉感戀愛

離不開一個人，有時迷戀的，不是他本人，而是一份熟悉感。

不然怎會那麼差勁的人，跟他一起都沒有什麼好事、開心事，也不見得有將來，但你還是為他蹉跎歲月。

只因為他對待你的方式很熟悉，不代表你還愛著他，任何可以預期的東西，總能帶來短暫撫慰心靈的親切感。

其實你早已對他心灰意冷，包括他的冷淡、他的欠缺尊重、他的敷衍不用心、他以為做錯事不會有人發現的狂妄、他被揭發後毫無歉意的輕佻……但一切一切，在你習慣了之後，竟然都會生出感情來，只是這份感情，總是帶著一點痛。

該不會更壞了，他的壞只是到這程度的吧！連符合預期的壞都幾乎成了他的優點。

就連被他傷害之後可以怎樣為自己療傷，你

都已經知道了，你應該對他抱著多少有可能改善的期望，你都心裡有數了。

如果換著是別人，你不敢那麼肯定。

你覺得至少他曾經花過時間了解你。

他知道你討厭一些事，所以才對你隱瞞。

你將很多沒有說出口的東西，定名為默契。

你覺得他絕對有能力加倍傷害你，只是不忍心。

你以為自己至少了解他，但其實不，你對他不懂的地方始終不懂，你能了解的只是自己的失望，自己受傷後的反應。

你告訴自己，如果能永遠留在自己的舒適區，你也是能接受的，你並沒有多大的志向，你接受戀愛裡誰也不成長……

但問題是你不跳出去，舒適區卻越來越收窄，你始終都要一個人面對太多不舒適的處境。

有一天你忽然發現他並不熟悉，還很陌生，已經說不出是由哪一天開始，他不再是你一直以為的那個人，只是你讓一份自創的美好，加諸在這個人身上，美化了這個人的作為與不作為。

與熟悉感戀愛，不就等於自己跟自己談戀愛？

熟悉感其實是一份情懷，這份情懷標誌著你最愛一個人卻也是最寂寞的歲月。終究你都要放下這份依戀，將有關他的浪漫留在過去，你需要一點點冒險心，不要再被同一個人不恰當對待了。

口不對心是期望你懂我的心

「女人說的話我早已不相信了，因為她們永遠是口不對心。白費唇舌跟女人溝通，到頭來只是被耍得團團轉而已。」聽過男人這樣說，他心中的女人如洪水猛獸，這種「不是絕對坦白」就是「絕對的騙子」的二元對立，讓他始終無法了解女人。

女人口不對心不是因為女人喜歡撒謊，或者特別狡猾，而是因為女人有自己想要成為的樣子，偏偏理想與現實永遠存在落差。

有時她希望自己是個善解人意的女朋友，所以當男朋友做著她不看好的工作，尤其當他在追夢的時候，她最初會嘗試表達支持，說自己不介意等待，不介意吃苦，她希望透過支持的力量，也去喚醒自己正面的心理。

然而女性對危機感的高度敏銳，又讓她不得不跟時常出現的負面想法抗衡。

所以當你有天說不再追夢了，想要回歸現實了，她會鬆一口氣。

這不代表她虛偽，她的善意是真實的，同樣擔憂也是真實的。

有些明明在乎的事，對外卻宣稱自己不在乎，其實是作為對世界失望的一種心理防衛，也是期望管理。

她很清楚，世間事不從人願的為多。如果是她自己能左右結果的，她會一邊說隨緣吧，一邊默默努力。

有時女人希望自己是個要求不多、好相處的人，所以她可能會答應了你一些事，好像很樂意的樣子，然後做不到，甚至逃走，其實她自己也深受困擾。

有時女人希望自己做個帶來陽光的人，所以她可能一邊對人笑，關心身邊人，卻在背後鬧情緒、默默垂淚。

有時候她累了，不希望事事要去爭取，希望自己真正的想法，天底下至少有一個人懂得。

所以她說話儘量的少，唯望不必事事開口言明，你也懂得她的心。

理想關係是戀人也是朋友

我會盡全力跟戀人當朋友，後來回想，每段失敗的戀情都是因為做不到這一點。或是自己不敢拿出真我，或者是對方沒有想要被了解，在那當下總是痛苦比快樂多，後遺症也特別多。那之後，更懂得是戀人也要是朋友的重要性。

當你們既是戀人，亦是朋友，關係中便有很多正面的互動在。朋友之間興趣相投，能互相分享，能啟發對方，能經常獲得彼此的肯定和接納，在彼此身邊感覺安全，這些友情裡的正面感覺，能中和、排除愛情裡的許多不安，令愛情不會傾斜向任何一個人，是共同成長，不是此消彼長。

雖然有時好像會討厭這個人，但也無損你們可以是朋友的本質，真朋友不是有時都會氣對方？但是心底裡你終究是欣賞他的，即使不同意他的每個決定。只有假朋友永遠笑臉迎人，永遠不敢生氣，因為存在利害關係，故不敢表達真實想法，或是對方根本不值得你去表達而已。

當然，我們不會期望戀人的友情，跟閨蜜的友情同等，男女之間終究會有一些神秘感、一些不理解存在，這是戀人之間磁場的化學作用，愛情當中有激情，但在一段令人滿足幸福的長久關係中，友情是必不可缺的一環，甚至可能是最重要的一環。

所以有些多年老友，搖身一變從死黨變成戀人，他們的感情基礎是很穩的，只欠一個全新的角度，去發掘彼此有異性吸引力的一面。

可是有種戀人卻好像永遠不想跟你交朋友，他沒有意欲去了解你，甚至會誤導你說，一旦太過了解就會失去激情，變得平庸和浪漫不再。

但其實缺乏友情基礎的戀情，失去激情的速度只會更快。而且那樣的激情附帶的負面情緒，例如猜忌、自我懷疑、過度自我膨脹和過度討好，都會影響人的價值觀，令人上癮和不能自拔，在接下來的感情路上重複著同樣的戲碼，找不到心靈的停泊點。

一個好的伴侶，一定擁有多重身分，戀人、知己、人生導師、盟友、玩伴、啦啦隊，也就是我們的靈魂伴侶。

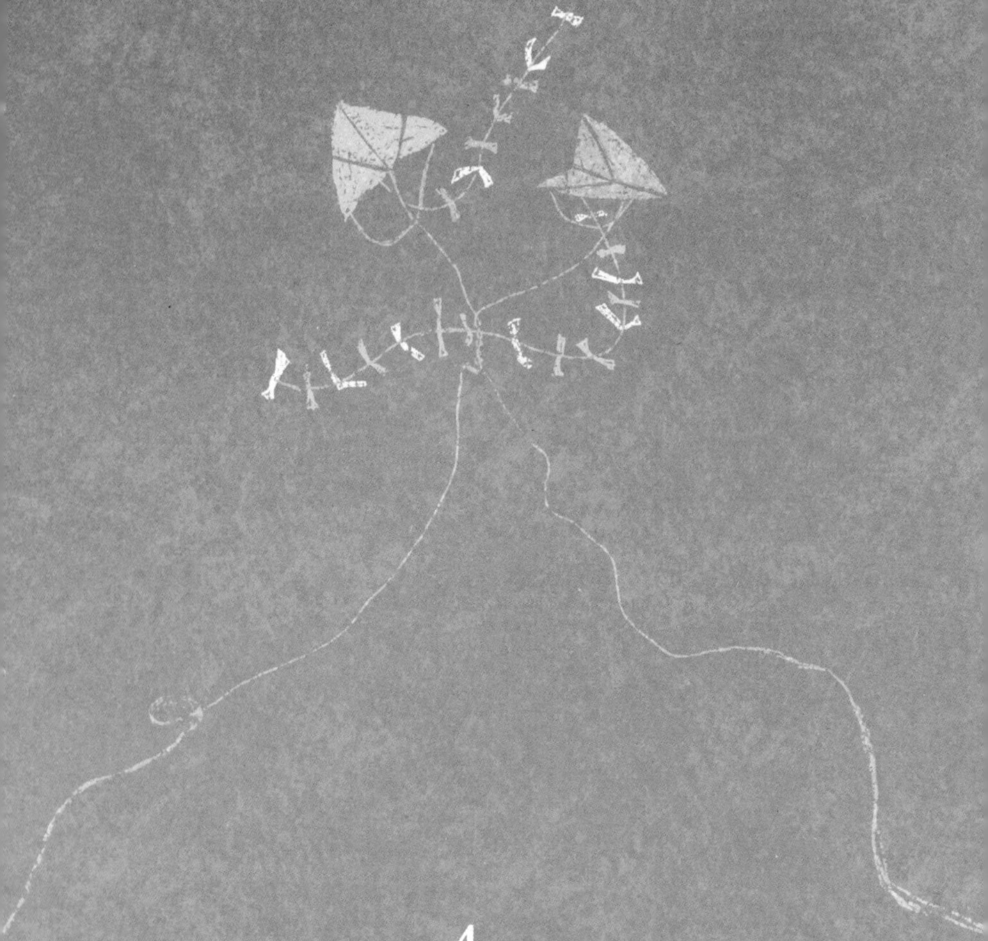

4

不設限的朋友

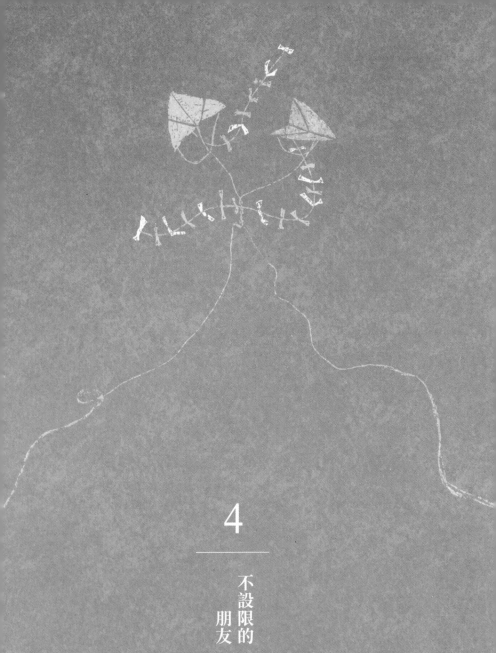

「喂，今晚有沒有約？我需要找個男朋友。」

葉燁聽了我這麼一問，一點也不覺得古怪，證明我沒找錯人了。

「你的男朋友怎麼了？」葉燁問我。

「散了啦。」

「聽說現在可以找到出租男人，每小時收費。」

「來不及了，就今晚，來不及交代前世今生來龍去脈，我只想到你了，拜託，是我大姐的婚宴。」

「阿圓大姐的婚宴啊，那我要穿最好的服裝了。」

葉燁雖然這麼說，夜裡卻是穿了五年前就見過的那套西裝出來，還要是某某人喪禮上穿過的。

不過他穿得挺好看就是了，而且他一點沒有發胖，最近看到許多舊同學三十一出頭就胖得像另一個人了。

「阿圓今天很漂亮嘛。」他打量我全身，我今天穿了白色綴少量淡粉紅色花的吊帶裙、手拿包配縛帶便鞋，被他讚美，我有點不自然，但其實又沾沾自喜。

但是他很快找到破綻：「拜託你可以好好照顧自己嗎？出門前至少縛好鞋帶吧？」

「有縛啊，只是縛得不夠緊，小事。」

他沒好氣地嘆了一口氣，居然蹲下來主動替我縛鞋帶。

在大街上忽然一個男人蹲在我跟前替我縛鞋帶，我既尷尬但又隱隱有點虛榮，這多少惹來別人側目。

「不要小看任何小事。小事都做不好的人不會得到幸福。」

看著他的頭頂那濃密的髮、那熟悉的髮轉，然後他抬起頭來給我一個溫暖的笑容，我就知道，幸福不需要向哪裡尋找，他就是我要的幸福。

我們朝酒店會場出發了。

「你覺不覺得，我們該先約法三章？」我忽然說。

「例如什麼？」只有他對我忽然提出的古怪想法見怪不怪。

「例如，我們之間不討論異性？」

「這是為了更像男女朋友，還是為了不要真的成為男女朋友？」

我思考了一會，也奇怪自己會如此提出，應該是……「後者。」其實我一點不介意我們像不像男女朋友，反正也是交個差而已。

反而，如果真的和他發展出什麼來，那才危險呢！

「朋友會設限的嗎？不會吧！朋友就該暢所欲言。」葉燁說。他真的很不乏金句。

「嗯哼。」我想了想，點頭同意。

我之所以在意這一點，是因為我和他的確有短暫交往過。

三個星期。八年前。

那三個星期雖然非常甜蜜，我們也非常投契，我們甚至會分享彼此的夢，那些依偎談心的清晨與日落，刻骨銘心。但我總隱約覺得自己在擔心什麼，我不想活在那種哀愁的預感當中。最終是我提分手的，這是我在他面前唯一最自豪的地方，像我這種平凡女子，也能發現彼此的不適合而毅然分手，單是這點就讓我覺得自己很帥氣。

比起追求讓人卑微的愛情，我認為人生活得帥氣更重要。

當時他問我：「為什麼？我覺得我們一起很開心。」

其實是太開心了，我自問憑什麼擁有他？

那是翻譯系畢業後的第一份實習工作，我們進了同一間電影製作公司的翻譯部，被編進同一組。

葉燁帥得令人側目，以文字工作者來說，有點太過分了，後來他也的確轉行了。

分手時我好像說了違心的話，例如覺得他連某個作家都沒看，頭腦簡單之類的。當時他好像有點受傷，但很快又以朋友的態度繼續找我，出去吃飯看展覽等等也很有分寸，從來沒有混淆男友和朋友兩者，在這方面我欣賞他絕對是個君子而非無賴，所以放心和他做朋友至今。

「你剛分手的男友是哪個？」記憶回到現在，在銅鑼灣恩平道的路上，在CHANEL門店外，葉燁忽然問我：「那個不喝咖啡因的人？」

我噗嗤一笑：「我不會這樣形容他，他給你的印象只有這個嗎？」明明是我被甩，我應該傷感才是，但他總能把事情弄得有點好笑。「你好像很看不起他啊。」

「我沒法信任不喝咖啡因的人，不需要什麼來提振士氣的人，太沒有弱點了。」他每次說出自家歪理就會做出聳聳肩的招牌動作。

「你也不常喝。」我說。

「我弱點更大，我喝酒精。」他把臉湊到我面前說：「你可以很信任我。」

「酒鬼誰要信啊？」我笑著推開他，續道：「至少他對你評價不差，不像上一個。」

「上一個。」他想起來了，心有不甘地說：「我完全不明白他為什麼看我不順眼，只因為我在你們周年紀念日寄給你一張明信片？」

「現在誰還會寄明信片？自復活島的郵箱？要等另一個同地區來的遊客幫你帶回來再寄出，一封不知幾時會送到收件人手上的明信片，喂，會不會太浪漫一點？」

「小姐，沒有人叫你告訴他那間郵局的事。」

那兩年我跟葉燁沒有見過面，是我們最長不見面的紀錄，他跑去了南美整整待了兩年，我完全無法想像他怎樣過日子，他就是那種不務正業得讓人又羨又妒的人。但他並不是有父幹，他認真賺錢的時候可以十分認真，我們可以完全不約出來。最記得有一次他擠個十分鐘出來跟我喝了半杯咖啡，又跑去打下一份工，我為了未說完的話，捧著那杯熱咖啡陪他一路跑去巴士站，但巴士立即便到了，想到他在巴士車窗上向我回頭道別（或者是道歉？）那一幕，而我衣襟上都是咖啡漬，現在想起仍然覺得狼狽得好笑。

「我可是對人很真誠的。」我說的是與那個男朋友之間。

「見鬼，女人都很假，我還是最近才領略這一點，然後一切謎底都解開了。」

「聽起來你好像受到很大創傷的樣子。」我對他的偏激言論乘機嘲笑。

「女人不同時期就會想要投入不同角色，去滿足她們對人生的想法。好像她對我說……」他說到這裡，我向他投以「早知道是說某個人」的目光，然後鼓勵他繼續發表偉論。「她說：不要抽煙，對身體不好，其實只是她想做一個善解人意的角色，好讓男人覺得她是世上最好的女朋友。但事實呢？她根本一點都不在乎你抽煙至死。」

「你怎麼知道她不在乎？」我問。

「分手了兩個月，我有一次做運動跌斷了腳，在家休養三星期你記得吧？」

「記得，我還幫你買外賣了。」

「就是那次，我在家無事，翻看了和她一起時的照片，覺得很懷念，便發了短訊問她過得好不好，為防她以為我白撞，便附上她幫我曬出來的照片。當時明明是她說很寶貴的一定要曬出來，夾進送我的生日卡中，我以為一定能打動她，哪知她回答我說：『只是斷腳了是吧？如果你死了也可以通知我一聲，別的小事別打擾我。』」

我真的有被嗆倒，忍不住大笑出來：「她真的這樣對你說？」

「正是，女人真的很可怕吧？」

「也不一定啦，一定是你做了很惡劣的事。」

「我反省過，但根本想不到有什麼，我回心一想，她以前那些關心的話語，根本都是假的，你真心愛一個人，即使分了手也不至於想聽到他的死訊吧？」

「我覺得普遍來說男人比女人怕死，所以特別害怕別人咒他死。」

「這的確是，被咒了好像真的死了一死那樣，但是女人難道不怕死嗎？」

「當然誰都不想死，但程度上好像有差，是女人可以生育的緣故嗎？基因裡好像對自己的生命這種事情比較肯定？不管有沒有生下一代，對生命比較自覺嗎？男人怕死是因為不太確定自己在這輩子成就了什麼、所以覺得很不甘心嗎？」

「我覺得更加是想活下去看看我之後世界會變成什麼樣子，想親眼目睹，出於這種心理，所以不想死。至少我爸是這樣想。在你大姐的婚宴前說這些好像不太吉利嗎？」

「對了，你爸怎樣？」他爸爸一年前確診癌症，這也是他最近一年沒有旅行的原因。

「還在治療，好長的路要走。」他語氣無奈。「如果有路的話。」似乎不太樂觀。

「你都陪他去醫院？」

「他不想我陪，他根本沒告訴我，我自己發現的。」

「你爸是個硬漢，不像你。」

「怎麼嘛？我也可以很硬的。」他心有不甘地反駁，當然是故意搞笑，我就喜歡看他被損到的浮誇表情。

「你？你軟得像個麻糬。」

我心裡想的是他哭泣的畫面。

大半年前的聖誕，他被上一個女朋友甩了，他這個人雖然很容易交到女朋友，但多數人都會在深入了解他，發現他對未來沒什麼打算之後就分手，戀愛最長不過半年。

但那次例外，好像過了七個月那樣子，他也好像有為對方認真找了一份長工，雖然很不喜歡那份要跑數的工作，但仍然咬緊牙關待下去，我想他應該算是很喜歡那個女朋友，才會如此委屈自己。

所以那次他找我出來喝酒，然後就哭了。

那晚的最後，他竟然暗示我可以上他家。

我拒絕了，我送他到他家樓下，把他一掌推進升降機，不管他站也站不穩，轉頭就走了。

我不知道他記不記得那件事，但之後他找我，也沒表現出尷尬的神色。

我是不會再次接受他的，他太受歡迎了，我覺得自己應該找更務實的男人戀愛，雖然目前還是沒找到就是了。

或者更深的理由是，我不想跟他一起，然後又敵不過半年的宿命。

我想和他當一輩子的朋友，這樣就好了。

來到酒店的宴會廳，我爸熱烈地招呼他，到處把葉燁拉給親戚認識。

「你好像跟阿圓離離合合都有八年了吧，女孩子的青春不是這樣蹉跎的，這個場地你喜歡嗎？多喝幾次喜酒，就會開始憧憬了。」

「男人啊，一開始總是害怕結婚的，但結了就知是什麼一回事了，生為男人，總得向跟了自己這麼多年的女人一個交代啊，這才是真男人。」

「是是。」葉燁朝我打眼色，一副唯唯諾諾的乖樣，我很難為情。

我怕他以為我故意帶他來，被我老爸說教，立即小聲向他解釋：「我爸醉了。」

「我知道，別緊張。」倒是他圓潤地接招了，像完全不介意。

即使如此，爸這種論調還真是老土到不行，我絕對相信他跟我哥不是說這一套。跟我向來主張的女性主義背道而馳，我整張面都紅了。

「還得等我再儲一點錢，婚禮這種事，不能委屈你女兒。」他回頭望了我一眼，邊望著我邊對我爸說：「最近我在找教職。」

「教書嗎？教書好啊，鐵飯碗。」

「現在也沒那麼鐵了，不過這麼多年，也該選定路向了。」葉燁眉宇間好像有點憂悒。這什麼回事？他還在做戲嗎？還是說的是真心話？

宴會後，葉燁說送我回家，不過誰都知道，他比誰都更醉，也許比新郎新娘還要醉。所以我叫的士轉去他的家。

一下車，他就吻我了。雖然說實話，我真的幻想過這件事無數次，也許每天都有一次吧，我就是那麼喜歡他，但我還是推開了他。

「是不是有什麼不開心？」我問他的同時，自己才有了領悟。

也許葉燁根本不開心，粗心大意的我卻整天沒有發現，只顧著和他東拉西扯。

「你相信靈魂伴侶嗎？」他問我。

「那你信有鬼嗎？」我反問他。

這種事情，信則有，不信則無啦。

他一笑，他帶醉的笑容是最好看的。

他沒有追問我，我知道他問這句的用意，我是開心的。

但我就是那種有點不順人的個性，他要的答案要是太明顯，有時我偏不給，免得像個因愛癡狂的傻瓜。

第二天早上，他打電話來問我：「昨天你爸對我還滿意吧？」

聽到他繼續拿昨晚的事調侃，我安心了一點。

「關於學校的那件事，是真的嗎？」我試探著問。

「我就是想跟你說那件事……」他語氣慎重起來。

「其實是認識一間村校的校長，他們急需一個能同時教中英兩科的教師，薪水雖然不高，但學校規模小，行政工作不多，可以讓我邊教邊進修教育方面的文憑，之後也許可以在這方面發展……」

「很好啊。」

聽他語氣，本來還想長篇大論一番，對於我如此直接簡單的回答，大感意外。

「你支持我？」

其實我們都是很想要對方肯定自己，就算聽到讚美，只要回應稍慢了一點點，就會懷疑是違心的嗎？是不是想到了什麼不好意思說？就是對彼此的想法如此敏感和重視。

「當然支持啊。哪裡的村校？你要搬進村去嗎？」

「錦田那一邊，對啊，我正在考慮租裡面的村屋，又可以省點錢。」

「我來跟你一起找屋，我怕你被經紀欺騙，租了凶屋鬼屋之類的。」

「哈哈，我有這麼好騙嗎？」

我打算就那樣鼓勵他成為鄉村的老師，等他曬成個黑炭頭，或者漸漸遠離城市變成土氣的鄉巴佬，讓他再也認識不到那些俏麗勢利的都市女郎，那我就不用再擔心自己比不上他的女朋友了。

那些與戀人分享的夢

戀人間有一件很浪漫卻嚴重被低估的事，就是互相分享昨晚的夢。

是夢不是夢想，一點也不熱血，如像低迴的呢喃，分享時如此沉靜，帶著一份溫柔。

夢也不是情話，不一定與對方有關，但就算是最無關的妄想狂想，只要是愛著一個人，都會從心深處渴望了解。

朋友間分享夢想多麼容易，但很少去分享夢境，說出來也往往得不到以為會有的回應——「喂我昨晚見到你、跟你做了什麼什麼、去了哪裡……」對方一臉惘然地說：「不過是夢。」你立即意興闌珊，是啊！不過是夢，為何感覺強烈得仿似有話要說。

的確沒法強求朋友去關注你的夢，與對方無關的固然沒興趣，與對方有關的，對方只會在心中揣測，你內心其實對他有什麼想法吧？想暗示什麼嗎？或者以為你「日有所思夜有所夢」，想他一如夢境中那樣做。但其實你只是單純想說一個夢。

戀人對你分享夢境有耐性多了，只有愛情會想試著進入對方的幻想，不斷探索對方的精神世界，愛情總帶一絲仰望，也喜歡神秘感。

所以越愛一個人越想聽對方的夢，越鉅細無遺越好。

夢境往往是潛意識的、象徵性的，或以迂迴曲折的方式表現出來的，夢反映一個人的缺失和黑暗面。

曾經一個男人告訴我，夢裡每一次，他都會回到中學的那個球場上，受到朋友們熱烈的歡迎。那是因為現在他的朋友已各散東西，夢反映出他最珍重的東西是友誼，中學時期代表回不去的狀態，而他如今的心情是孤獨。

又有一個女孩說，每一次夢裡她都是在罵自己的母親，那是因為多年來她對重男輕女的母親充滿憤懣，現實中卻不敢表露半句，只默默當一個任勞任怨的乖乖女，惟有在夢中才如此有勇氣。

那些平日不敢說出的寂寞與委屈，透過夢境得到宣洩，當我們向戀人說出來的時候，是蘊含多大的信任，才會將自己脆弱的、壓抑的、不受表揚的一面交托給對方。所以當戀人向你描述他的夢時，不妨多點耐心去聆聽，當中或有只有你才發掘到的東西。

一個人的好在不同年紀有不同發現

新婚的兩口子，處女座的丈夫一聽到我的女兒也是處女座，立即笑言處女座很麻煩難搞，倒是他妻子生怕我們真信了他的戲言，立即替丈夫說好話：「他真的很好的。」甜蜜羨煞旁人。

如果是炫耀，當然不必深究。但正因為了解是肺腑之言，反而讓我去思考，「他很好的」，在年輕時、中年時，說出來時讚美的含意有否不一樣？

每個人內心都住著一個內在小孩，相戀時、新婚時，忽然想說一句「他很好的」，是因為他有很多你的內在女孩欣賞的地方。

你慶幸自己遇上他，這份慶幸和欣賞是與之前遇過的爛人渣男相對的。

你吃過多少苦，就明白他有多難得。

當然你也的確有點在意別人怎樣看待你的選擇，你多少希望將他與那些不值得的人區分出來，說明你眼光已變好，也說明你已沒那麼感情用事，他的好並非你盲目的看法，是有根有據的。

你希望別人也發現到他的好，不想別人誤解他，若他被誤解，你也會感覺受傷害。

這樣的「好」，是很直接的真情意的表達，想制止也制止不住，就是那樣的熱戀。

一起許多年的戀人又如何呢？

恐怕很少在人前如此直接美言，但是內心也許偶然也會如此想。

只有在跟新相識的朋友回顧起自己另一半的種種，才有機會補加一句「他很好的」——輕描淡寫得像是某種人生的註腳。

在了這個人生階段，他的好是因為你目睹了，這些年來他如何幫助你的內在女孩成長。

他的好，可能已無關他的個性如何，因為你已了解一個人的優點缺點互為表裡，沒有人是完美的。

重要的是你看過他為這段關係盡力的樣子。他很好是因為他的不離不棄，陪你高高低低都走過，他有一份無人能比的熟悉感，你們的想法不用訴諸語言都已能互通。

他很好是因為以前你覺得自己不夠好，到你發現和他一起一切其實都已剛剛好，那種不再需要害怕選擇錯誤的安心。

就算錯了，將錯就錯，你不要求他變好，他也不要求你變好，你們都完完全全接納了對方最真實的樣子，即使是那些低谷中最糟糕最不堪的樣子。

在了這個人生階段，他的好是因為你目睹了，這些年來他如何幫助你的內在女孩成長。

他的好，可能已無關他的個性如何，因為你已了解一個人的優點缺點互為表裡，沒有人是完美的。

「守護者」不會永遠扮演相同的角色

常常都有人問，應該選哪一個人？有個人對自己很好，但又忘不了另一個人……

也許是看得愛情片太多，我們對愛情常常有一個誤解，覺得每個人都在扮演一個角色，有所謂第一男主角、第二男主角，一個給你傷痕，一個守護著你，等著我們二選一，二選一之後，就是happily ever after，所以將所有心力都放在選擇人上面，也會糾結在這個關卡上，浪費許多時間。

「我也好想選擇對我好的人啊，但就是對前任還有感覺，怎樣才可以選定呢？」

我認為舉棋不定的原因，就是沒有摒棄「男一」、「男二」的思想，才沒法將「守護者」與「值得愛慕的人」劃上等號。

因為你還是覺得，兩者應該由兩個人來扮演，你會覺得無論怎樣選都不完美，怎樣選都會有遺憾，所以才拖延選擇。

那樣的話，即使一份完美的感情放在你眼前，你仍然會視而不見。

拖延選擇，也對對你好的一位不公平，因為那樣會深深傷了他的自尊心。

若只把他當成一個角色去看，就不能真正看見他的難得。他這個人的靈魂，他可貴的感情，他承諾的意義，還有他放在你手上的自尊心，如果能夠真正看得見，就不會輕待。

其實，沒有一個人天生就被指派了一個「給你幸福」的角色，所以不要天真地以為，只要今天選定了他，他就會一直扮演相同的角色，不要以為他今天對你好，你不需要對他好，他也會永遠對你好。

兩個人要走下去，要過得幸福，不是只有愛就行，更需要的是彼此珍惜的心。

所以問題不是誰你較喜歡，或者誰較喜歡你，而是誰更有可能跟你對等地彼此珍惜？跟誰一起會有更多歡樂？

性格要跟你合得來，今後才能與他找到生活的樂趣。

要有共同的價值觀，不然沒法真正地彼此尊重。

人生目標也不能差太遠，才有一起奮鬥、互相扶持的動力。

願意一起經營的，就不只是男一，而是唯一，其他的只是人生眾多過客之一。

今後，他還有更多的角色等著你發掘。

他可以不只是守護者，他可以是最懂你的知己、最好的飯腳、旅行的嚮導、事業的拍檔、人生的導師、孩子的爸爸、晚年的老伴……

但若你只當他是男二，就永遠都看不見這些面了。

今後，他還有更多的角色等著你發掘。
他可以不只是守護者，他可以是最懂你的知己、最好的飯腳、旅行的嚮導、事業的拍檔、人生的導師、孩子的爸爸、晚年的老伴……
但若你只當他是男二，就永遠都看不見這些面了。

就算他有日告訴你，他想念你，也不過是你想念他的千萬分之一，
那一秒鐘的懺悔，跟隨的只是打後幾十年的依然故我。
他的懺悔於你而言太昂貴，
而你的愛情與他而言則太廉價了。

不自由的心

five

人在什麼時候才該放棄一段感情？

日劇題為《我們離婚吧》，但說的不全是離婚，而是人在什麼時候才該放棄一般感情？這題目時常讓我深思。

劇中，家傳戶曉的女明星居然被無業男吸引，發展出婚外情，與政治世家的丈夫相比，外遇只是天天坐在小鋼珠店裡的無名藝術家，當婆婆問她為何選擇這個外遇對象時，她說他是「特別的人，擁有一顆自由的心」。

所以即使他一無所有，她願意供養他，甚至原來他有性功能方面的障礙，也完全不介意，這更凸顯出這是純愛。

但她的癡戀卻在發現懷孕後破滅。孩子鐵定不是外遇的，而是丈夫的，外遇對象卻極想有個家，當起孩子的爸來。這與他平時不理人間標準的印象相違，就在這一刻，女主角打了退堂鼓，她忽然意識到外遇根本不特別，而他那顆自由的心，也變得不再閃閃發亮。

難道她想在外遇身上尋找的，是家庭這麼平凡的東西嗎？絕對不是的，一旦落入平凡的架構當中，外遇所擁有的才華之類的，便落入了世間的標準，看他的眼光無法不從俗了。

愛情破滅的一瞬作為轉折相當寫實，寫實得有時我們感受過，卻難以道明——愛情破滅，並不完全是不好的感覺，因為在那一瞬，我們找回了自己。

其實愛情只是一面濾鏡，由人的慾望與壓抑交織而成，或許愛情並無所謂的本相，所以也不存在變與不變。它來得兇猛轟烈，不過是因為我們渴望愛得轟烈，如果我們的心能回歸平靜，或許愛情也就甘於平淡，我們愛的人也隨心境改變。

外遇說的沒錯，他從來沒有變，變的是她。

曾經深深吸引我們的人或物，為什麼感覺變質了？其實變的是我們自己當下的需要。一顆鳥倦知還、會回頭的心，往往是因為發現發光發亮的事物不再一樣，是換了角度去看之故。

人總是聚焦在自己缺乏的地方，這使明明富庶的我們，也會自覺貧窮。女主角本來的婚姻對象是名門望族，為了維繫雙方的社會地位被迫演恩愛的假面夫妻，是多麼不自由，相反沒有地位沒有財富的男子，竟完全沒有自卑心態，令她嘖嘖稱奇，擁有自由的心，就讓他成了世上最富有的人，因為他擁有她視為最大價值的東西。

他的自由，只是他沒有著眼在自己缺乏的東西上，由始至終，都只追求令自己快樂的事情上而已。

總是有那麼一個人，可以短暫取暖，卻不想與之一生一世。畢竟人需要美夢來喘息，換著下一次失意的時候，或許還會想起他，想要靠近他，換出一點點勇氣與力量吧。

總是有那麼一個人，可以短暫取暖，卻不想與之一生一世。畢竟人需要美夢來喘息，換著下一次失意的時候，或許還會想起他，想要靠近他，換出一點點勇氣與力量吧。

當能量所餘無幾，別再為愛逞強了

相同的動作，只會導致相同的處境，但在愛情裡，偏偏我們卻會幻想，用相同的方式去對一個人，就能改變對方，這不是很盲目嗎？

我喜愛的作家Ray Bradbury說：Action is Hope, there's no hope without action.（行動是希望，沒有行動便沒有希望。）

人生是必須透過有所動作才能看見希望，因此當我們被所愛的人弄得很絕望、乃至自我厭惡的時候，你該做的不是等待對方的感動，而是抽身，真正切換自己的處境，透過這一個顛覆一切的動作，我們的感受才有可能產生變化。

倒不如在生活中尋找貢獻感，建立自我價值，而非為一個假需要、真剝削你的人燃燒自己。

也許是他太自戀了，一個自戀的人沒法真正將心交出來，這樣的人談何戀愛？談何愛與不愛？談何為誰改變？一切動作只因自大、傲慢、欲望而起，那一點點「喜歡」或者「在乎」，叫什麼名字也好，不過也是試圖控制別人的技倆罷了。

對方在欺壓你、被你仰慕著的時候，感受其實非常良好，因此他根本沒有任何需要改變自己的動機。即使他說他也不好過，你也不必為此自責，自戀的人對自己和別人也是非常嚴苛的，天底下幾乎沒有人可以達到他的標準。

有時你會很卑微地想：我只要少少回報就夠了，一個溫暖的回眸就夠了，但不是這樣的，當你自身的能量已跌到最低點時，必須承認這些遠遠不夠，承認了，才能自救。

你需要的是被帶來能量的人包圍，而非吸收你能量的人，因為你自己的能量已所餘無幾，別再逞強了。

不要迷信「你快樂所以我快樂」，這句成立是在彼此相愛尊重的狀態，而不是強弱懸殊的關係下。

如果他的冷漠若你相信，即使變成灰燼，他也只是若無其事在上面踐踏過而已，那麼這種強弱懸殊還不夠明顯嗎？

遲早有天你會發現，你根本不是想他快樂，你留在他身邊不過是等他一天懺悔，不過這天不會到來。

就算他有日告訴你，他想念你，也不過是你想念他的千萬分之一，那一秒鐘的懺悔，跟隨的只是打後幾十年的依然故我。他的懺悔於你而言太昂貴，而你的愛情於他而言則太廉價了。

愛情上癮

不健康的愛情上癮，最大的特徵就是世間其他一切黯然失色了。

女孩V本來是朋友間的開心果，與家人親戚間關係緊密，工作上也很主動爭取佳績，但一場戀愛，將她的一切關係拉倒了。

與朋友見面也是心不在焉，不再搞氣氛，也不再聽人心事，父母親戚不知多久沒見過她了，即使是本來喜歡的工作，也無法分減她對戀愛對象的狂熱——只要一分開，便開始思念得無法動彈。

你可能以為是一時三刻的熱戀？然而發展下去，對方的熱情退卻，她卻用更大的投入度去補償兩人之間投入的差距。

當戀情一旦變成所謂的「死心塌地」，便成了單方面的執著而已。

健康的愛情，應該是讓世界顯得更加光芒萬

丈的。

健康的愛情，應該能夠帶動與其他人際關係的力量，會讓人更加有自信，會因為被愛，而得到全新的視野，去發掘各種事情美好的一面、自己感興趣的一面，然後跟戀愛對象回饋、分享。

跟戀愛對象是有真實、即時的交流，對方的愛意、誠意，也不是全憑猜測、或自欺欺人地樂觀。

而死心塌地的愛，多少是加了自己的幻想。

自己腦裡投射出來的人，跟真正愛戀的對象本人，可能根本是兩回事。

也正是這些一再破滅的幻想衝擊著我們的心，讓人精神衰弱，同時讓人更加依賴在戀愛對象身上，將對方視作心情的靈丹妙藥。

但如果他對你的默默付出無感，對你受的苦無憐憫心，甚至還多踩幾腳，這種遲鈍、無情、蒙灰的心靈還值得愛得死心塌地嗎？

真快樂不會讓人過後空虛又失落，只會更積極更有信心。

虛假的快樂則是出於自己的幻想，上癮就是出於虛假的快樂。斷斷續續、不會長久。

5

緣份會來抓著你

看著丈夫替女兒編辮子，這已經是 Stephanie 一家三口新開的社交帳戶裡第一百條影片了。

丈夫在世人眼中可能不算很帥，不算有家底，也不算有學識，他就是手藝精，而且總會很細心完成一件事，是個徹頭徹尾的處女座，有時候說話有點腹黑，但相處起來就知道他很搞笑。

以「爸爸替女兒編辮子的日常」為主題的帳戶裡，常常有留言說：「雖然媽媽沒出場，但應該在旁幸福地微笑著吧。」

Stephanie 自己很少想到這種事，但被這樣一說，覺得充滿感恩。

愛一個人，你便會承認，他是你所經歷一切的答案

雖然十八歲時母親患病離世前後受了不少打擊，隻身到澳洲讀書，在感情路上屢屢遇上不珍惜自己的人……

雖然要是比較起來，或許她對現在丈夫的愛沒有對那些人那麼深也說不定。

愛的深度是以什麼來衡量的呢？也不一定是傷得越重愛得越深吧。

Stephanie 望著女兒，心想將來一定要教她不要像自己以前那樣去喜歡一個人。

但仔細想，如果不是因為那些人，又怎會知道現在丈夫的好？

一切是自從悉尼前往布里斯本的火車開始……

悉尼前往布里斯本的長途車快要開動了，Stephanie 發現對面座位上沒有人時，正有點失望，一個年紀跟她相若的亞洲男生突然出現，抬頭檢視了座號，便坐下了。

男生似是獨行，十足的背包客打扮，背包上又是球拍又是口琴又是公仔又是溜冰鞋，還有半條法國麵包，殘殘舊舊的羽毛球都掛了幾個，但整體而言是整潔的，只覺真是個趣怪的人啊！他狀甚疲憊，似乎剛睡醒就趕上早班火車，連鬍子都沒剃，低頭發現他襪子都不是成雙的。

車開出了。不知他是否發現 Stephanie 在瞄他那不成雙的襪子，或者純粹是想開口搭話，男生用英語問 Stephanie：「你選的這個位？」

「是的，有問題嗎？」

他頓了頓，問：「你香港人？」

也許是口音吧，還有香港人愛在思考句子時加入的 Er 音……

「是的。」

「我也是啊。」他換成廣東話說，立即變得活潑起來。

他續解釋自己的疑問：「很少人選倒頭位，反正有不倒頭的，如果你不想太逼，我可以跟你換位。」男生一開口比看起來熱情。

「不用了，這風景我看過許多次了。」

「啊？」他有意外。「我這是第一次。」

然後便沒有說下去。

Stephanie 沒說的是，她喜歡看別人看風景的表情，如果是小孩子就更加好了。

前兩次，是五歲的男孩和更小的女孩，Stephanie 喜歡看他們跟父母親的互動，去想像自己將來的家庭。

家庭對她而言，是最美的風景。而開心、充滿好奇心的小孩，更是絕色。

或許這對才二十一歲的她而言，太過早熟吧。至今為止交往過的男生，都沒有欣賞過她的這份愛心。

Stephanie 低頭刷著手機，她必須選一部劇來消磨這十三個小時，她思考著有哪部劇有可能是男朋友 Fred 喜歡的，那到達時便有話題聊了，不過老實說，Fred 喜歡的驚悚片或者恐怖片，她都不是很想看，也一直不知趣味何在，看了一集，她也沒勇氣看下去。

這時 Stephanie 發現對面的男生向車廂右邊的座位上某人微笑，還單眼做鬼臉，Stephanie 自然地追蹤著他的視線，發現一個三、四歲的金髮小女孩坐在那邊靠走廊的位置，女孩腦後編了辮子再挽成心形，抱著玩具娃娃正向他微笑，似乎極渴求別人的理會，她媽媽則在專心用筆記型電腦。

「你那個是倉鼠嗎？」男生用英語問，聽得出英語說得不比 Stephanie 好多少，但至少能表達到自己，而且有自信。

女孩羞赧地點點頭。

「很可愛呢，可以給我看看嗎？」

但男生一問，小女孩又立即把倉鼠收到背後。

男生像早預知道她會有此反應，這正是不願分享的年紀呢，男生隨即又拿出一個封著膠袋、簇新的公仔來，啡色的圓圓的可愛生物，Stephanie 也有點興趣，畢竟在火車上太悶了。

男生對小女孩說：「那如果我用這個跟你交換呢？」

「這是什麼動物？」小女孩問。

「Capybara。」

「Capybara 是什麼動物？」

「好大好大的鼠，大到可以抱著它睡。」

女孩還在猶豫要不要交換，他卻說：「都送你，不用交換。」

小女孩立即開心得笑逐顏開。

Stephanie 常常覺得孩子的笑容最無價，見到這笑容 Stephanie 心情也好起來了。

「這樣不可以啊。」小女孩的媽媽終於發現這邊的互動，小女孩聽見母親反對，把公仔抱得更緊了。

「我本來送給女朋友的，但她不收，我也沒用。」男生最後提議：「待會兒請我喝汽水就好。」

「好。」見女兒很喜歡，母親也不再堅持。

「她很可愛。」Stephanie 用廣東話對男生說。

「嗯，如果將來我有個女兒，我也會替她編辮子。」男生忽然很感性地說。

Stephanie 有點意外：「很少聽到男人想生小孩，你會結婚吧？還是只想要小孩？畢竟也有這樣的人吧。」

「當然會結婚。」男生一笑：「如果有人願意嫁我的話。」

Stephanie 帶點疑惑地望著他，聽他語氣，似乎跟女朋友交往得不太順利。

「你會編辮子？」Stephanie 問。

「我會啊，我幫你編？」

「才不要。」Stephanie 被逗笑了。

男生也像高興找到話題，續道：「我媽以前開一間舊式 salon，我很小就在那兒幫手了，小孩子的頭都是我負責的，我長得高，沒有人懷疑我不到工作年齡。」

「你一個人來旅行？」Stephanie 問。

「媽走了，好像沒什麼理由留下來，有朋友在這邊，就過來闖一闖。」

「原來如此……」Stephanie 本來就是個健談的人，不過男生的故事勾起她自己的情緒，Stephanie 母親過世多久了？原來都三年前了吧？至今還是覺得那是不久前的事，但這三年無論是自己還是家人、男人，早已人面全非。

「你來多久？」

「兩年了，還在讀書。」Stephanie 說。

「那跟我也差不多啊。我啊，什麼都做過，髮型屋、茶記伙計，有一陣子還跟一個日本人朋友開檔賣章魚燒，挺好玩的，現在有時他租到攤子我也會去幫手。給你看這個。」男生掏出手機給 Stephanie 看，於是 Stephanie 把頭靠過去一點，他的 IG 上有他賣章魚燒時的照片，他自己頭上和朋友頭上都真的編了不少辮子，兩個人擺出熱血的表情，相當惹笑。Stephanie 笑著坐回去。

「趁年輕，什麼都做，很好啊。」Stephanie 說。

「是嗎？女朋友倒不是這樣想。」他把手機收回，一臉沒趣。「她不知道在朋友面前說我做什麼。這次我就是去看她回來，是呢！你終點在哪裡？」

「黃金海岸。」

「找男朋友？」

「嗯。」Stephanie 直認。

找男朋友，每一次都懷著開心的心情出發，不過太多次失望而回之後，最近幾次變得心情複雜，不能單純地感覺期待。

他若有所思地望著 Stephanie：「你住悉尼？十幾個小時的車啊。」

「是啊。」

他好像替她不值，再看了她好一會兒才說：「叫他來找你嘛！」

「他們從來沒有來找我過，都是我去找他們的。」

「他們？不止一個這樣了？」

Stephanie 豎起了三根手指。

他又再用那可憐的眼神望著她，說：「如果將來我真有個女兒，一定會叫她不要好像你這樣坐這麼遠的火車去找男朋友。」

「為什麼？」

「緣份會來抓著你，而不是被人抓著。一個人喜歡你，幾遠都會來找你，男女都一樣，至少，要一來一往，才公平。」

Stephanie 掙扎著要在兩小時車程的 Newcastle 下車。

本來以為他是個好人呢，卻說出這種傷人的話來，太無禮了！

但是先別說要等八個小時才有下一班車，還平白浪費了車票錢。

由獨生女成為大姐姐後，Stephanie 早已決定不能任性。當然也不會浪漫得像電影橋段那樣，隨心在沒計劃的車站下車。

況且，男生說的也不全是錯的。

事實上，就因為他說得太對了，讓 Stephanie 無地自容。實在不知道怎樣跟對座這個人相處十幾個小時。

幸好，忽然說在中途站下車的人是他。

「再見。」男生拿起了隨身行李望著 Stephanie 說了一句，就站了起來。「很抱歉剛才亂說話，我是誰有資格給人意見呢？我不過是個親自去找女友卻被嫌棄的窮小子罷了。」

Stephanie 只抬頭望著他，並沒有回答半句，半晌，男生無趣地下車了。

他明明說過要在布里斯本下車，還遠著呢，不清楚是突然改變主意，還是作為誠意的道歉，自覺慚愧地在 Stephanie 面前消失。

如果是因為這樣，Stephanie 又有點內疚，也許是剛才表現出生氣的表情，讓他無趣敗走，但其實，大可以不這樣，如果她表現更寬容一點就好了。

連彼此的名字都沒有提起過，忽然覺得就那樣失聯有點可惜……

按原定的時間抵達黃金海岸，Fred 並沒有在車站接她。

捧著廉價便利店熱黑啡等了一個小時，Fred 才用短訊回覆說，正在衝浪，走不開。

浪來了又走，或許對他來說女朋友也是一樣，不，女朋友的刺激性遠遠比不上巨浪。

沒有能直達的巴士，叫的士又太貴。

Stephanie 決定像那些公路電影一樣，瀟灑地舉紙牌截順風車。

來了一部七人車，因為是女司機，Stephanie 開開心心地上去。

「我們也正要去黃金海岸。」像是澳洲人女司機看樣子三十多歲，不見得很熱情，看來是開車太久累了吧。

Stephanie 不能要求別人太多，先自己拿出笑容來，是母親自小的教導。

車開了才發現後座原來坐了個男人，不明白為什麼不坐在副駕駛席，從倒後鏡所見，頭髮有點亂糟糟的，表情有點陰森，Stephanie 倒抽了一口涼氣。

「別理他，我們在吵架。」女司機說。

「是嗎……」Stephanie 這下也不知怎反應。

車開在 Stephanie 不認得的路上，女司機和後座男人之間開始用很急促的外語交談，到底是什麼語言？東歐嗎？Stephanie 越想越驚，忽然覺得自己有可能被綁架，然後被棄屍荒野之類的……

遙遠看見一間便利店，Stephanie 揚聲說：「忽然想起有東西要買，請讓我在那邊下車行了。」

哪知後座男人忽然把頭探上前來，用帶有濃重口音的英語說：「怎麼行呢？還離你的目的地差遠了。」

被拒絕，這下 Stephanie 才真的驚。

想著可能就因為錯愛這個不願來接我的男友而死嗎？那多不值得。

怎跟囑我好好活著的媽媽交代？這讓將她送來讀書的爸爸如何做人？怎跟兩個可愛的新妹妹交代？

Stephanie 突然發現自己是多愛著她的家人，只想活著回家去。

結果在他們停車入油時，Stephanie 跑了。

Stephanie 在加油站的超市躲了一個小時，才終於確認那部車已經開走了，不回來了。

超市要打烊，Stephanie 忍痛坐了的士去男友家。

早知，就直接坐飛機！

去到 Fred 家門口，Stephanie 還是深呼吸了許久，調整心理——我要做太陽！

Stephanie 等著他來開門，給她一個大大的擁抱。

「你終於來啦？」

但開門的人不是他，是一個女孩，Stephanie 也認識的。

Fred 家裡面音樂聲震耳欲聾，有人在唱 K，Stephanie 立即認出是男朋友的歌聲。

Stephanie 步進去，很多人在歡呼，有人在喝酒，有人在猜拳，但看到 Stephanie，都放下手上的玩意，跟 Stephanie 打招呼，或拍拍 Stephanie 的肩。

Fred 跟 Stephanie 點點頭，一副耍帥的表情，還是要先唱完這首歌。

他的朋友見到她，好像比他還要開心。

Stephanie 也不想在心裡嘀咕，但剛才的事驚魂未定，極需要人安慰，男友不過是在玩而已，為什麼不願意來接她？讓她平白受這種驚嚇。

「我先上一下洗手間。」Stephanie 對其他人說。

那個女孩帶 Stephanie 去。

「他知道我會來吧？」Stephanie 問她。

「當然知啊。他有對我們說。」

「我來遲了這麼多，他不奇怪嗎？」Stephanie 又問。

「他沒說，對啊，火車遲了嗎？」

「嗯。」Stephanie 只笑笑。

火車早就到了，但這點他沒有對其他人說，或者樂極忘形吧。

那天晚上，終於只剩下 Stephanie 跟 Fred 一起，他們已經三個月沒見面了。

經歷了這天的驚險之後，Stephanie 本應將一切說出來，但她不是那種撒嬌的女孩，自成為新家庭成員的大姐姐之後，她更立志要多做聆聽者，因為沒有人想聽別人訴苦。只要現在沒事，便該自己找方法釋懷，難道不是嗎？

Stephanie 對自己素來很有要求，因為媽媽臨終前對她說，不希望她成為小氣的人——「不然人生要生氣的事太多了，一旦開始了一件，就會沒完沒了……」

「無論如何不要怪爸，爸為這個家、為了醫我的病，都付出很多，雖然一起的時光有限，但我覺得很幸福。」媽媽病逝前兩天這樣說。

「永遠要當太陽，所有人都喜歡太陽。」

但即使能做到這樣，她仍暗示明示希望 Fred 下個月來悉尼找她。

她願做好自己的本分，一個善解人意的女朋友，那麼至少，讓她看見他也願意為自己出一點力吧。

「你有假期吧？」吃完外賣的漢堡，Stephanie 說，把手機遞過去給他看。「我查過了，這個網站，如果今晚十二時訂票，有大優惠，坐飛機比坐火車更便宜，就不用坐這麼久了。」

Stephanie 是不捨得 Fred 悶，他喜歡自由，喜歡被朋友包圍，最耐不住獨處。

Fred 卻皺了一下眉，漫不經心地說：「不用錢都要時間吧？」

「不能為我花這點時間嗎？」Stephanie 忍不住說出口了：「你不會想見我嗎？」

「現在不是在一起了嗎？」他摟住了她。

Stephanie 沒有領情，她推開了他，跑出屋外去。

她忽然深深地感覺到，自己來錯了。她在愛情中所祈求的根本不會得到，一個什麼都不願意付出的人，絕不可能一起經營一個家。

一個月之後，Fred 在電話跟 Stephanie 提分手了，在那以前已聽聞他跟上次開門給她的女生一起了，Stephanie 一點都不意外。

後來有一天，Stephanie 又在火車上碰見上次長途火車上的男生，他坐在另一卡，可以隔著距離望到，他似乎有一下望過來，思考著什麼，似是也認出了她。

Stephanie 假裝見不到他。她很少這樣，或許這人曾說穿了她的心事吧，如果不是他說了那番話，跟男朋友就不會不歡而散。

這時十一歲妹妹的 FaceTime 來了。

Stephanie 立即擺出大姐的開心表情。

「Hello，姐，我派成績表了。」

「成績這麼好啊？姐獎你禮物，想要什麼即管說。」

「不用啦！爸媽都有買給我，你快點回來就好了，想跟你一起唱K。」

另一個六歲的妹妹伸個頭出來搶著說：「上次她有個同學的姐姐上來唱K，超難聽，也說去參加歌唱比賽，我們夜裡就說怎麼可能……」

「不可以笑人啊。」Stephanie 笑著說。

「我沒有，只是夜裡蓋著被時說，真想大姐你回來一起睡前聊天。」大妹說。

兩個妹妹的來電給了遠在異國的 Stephanie 一點安慰。

父親在母親死後兩年另娶了，並帶來兩位新成員，一對比 Stephanie 少很多、且沒有血緣關係的妹妹。

從此她決定要做新妹妹的榜樣，把所有負面情緒收起，因為這是最不負累別人的方式。

Stephanie 一直好想二十五歲結婚，婚後生育三個小孩，她想有自己的家庭，不再處於尷尬的局面……

父親沒有忘了自己，後母也很疼自己，甚至比對自己女兒更好，這就是尷尬之處，她希望成為妹妹喜歡的大姐，而不是妹妹妒忌的大姐。

這時候或者父親感覺到她的情緒吧，主動提出不如送她去澳洲讀書，她對此十分感激。

如今看來她這個大姐當得不壞，掛線後，她心情回復了。

收拾心情後，決定鼓起勇氣去跟那個男生打個招呼。

哪料一站起來才發現，他不知何時已經下車了。

這成了 Stephanie 心中一個小小的遺憾。

夜深人靜時，也曾試著回想，那個男生給她看的 IG 帳號名稱叫什麼，偶然會坐起來，心有不甘地嘗試輸入不同的拼法，但名字可能太普通了，他好像叫 Nathan？Nathan C 是 Chan？還是一個代號？照片也沒一個似他，結果總是不得要領。

加上 Stephanie 心想，我也沒有真的那麼想找到他。

這次在火車上重遇，讓她再接再厲。

髮型屋、章魚燒、港式茶餐廳，這些似乎收窄範圍，但都沒有找到。

在悉尼的香港人數目也不少，更何況他好像不是住在悉尼，只是女朋友住這邊，對了，不知後來他跟女朋友如何呢？他最後出現在車廂裡的身影有點落寞，咬著唇不知道在想些什麼。

當 Stephanie 唸完書回港，有朋友居然介紹那個火車上偶遇過的男生給她的時候，Stephanie 吃驚不已。

「你不是有女朋友的嗎？」Stephanie 劈頭就問。

「分手許久了。」他尷尬地笑著說。

朋友們都非常意外，他們才說起之前在長途火車上的交集。

「我記得你那天穿一件深藍色印了學校名字的衛衣，你這樣找男朋友真的好嗎？」

「還說我，你才像個無家者，背包上又是球拍又是口琴又是公仔又是溜冰鞋，還有半條法國麵包，殘殘舊舊的羽毛球都掛了幾個，超奇怪！」

「你記得好清楚嘛，原來你這麼留意我。」

「當然留意了，你一直在看我啊，本來都覺得你是個好人，對小孩子幾有愛心的，沒想到開口就愛教訓人！說什麼將來一定不讓女兒像我那樣……」

「我真的覺得你不需要那樣嘛，看？不是被我說中了？終於還是分手是吧？」

「都是因為你，說了我男友壞話，讓我坐順風車的時候疑神疑鬼，覺得遇到壞人，幾乎跳車！」後來回想，載她一程的人可能覺得她很莫名其妙吧。

「是我救了你，如果不是我預先說了那種話，你這個人一點危機意識都沒有！只是胸口掛個勇字！」

這一招 Stephanie 沒法招架，只好還擊道：「對了，還有你的那雙襪子，根本不成雙！」

「這個則絕對不可能，一定是你記錯了！」

「絕對沒有記錯。」

「那一定就是潮流了，我那時可是很新潮的啊。」

「說自己新潮的人最老土了。」

雖然一碰面即唇槍舌劍，但彼此都是笑著的。

Stephanie 心想，她曾經那樣苦苦找尋過他啊，任何他身上的蛛絲馬跡，她都努力回想過了。

大家聽著他們分享回憶中的畫面，都聽得津津有味。他們也吃驚於彼此記憶的深刻，在互相補充之後，回憶漸漸成形。

他回香港之後做回母親的老本行，髮型師，專幫小孩子剪頭髮，小孩子都喜歡他，他叫 Nathan，是 Stephanie 現在的丈夫，是她女兒的父親，偶然他也會下廚煮章魚燒給她們吃。

後來 Stephanie 竟然真的和他有個女兒，而她同意他當初所講的話。

緣份會來抓著你，而不是被人抓著。

雖然，這是經歷過不被珍惜的戀情，才會懂得的道理。

緣份會來抓著你，而不是被人抓著。
雖然，這是經歷過不被珍惜的戀情，才會懂得的道理。

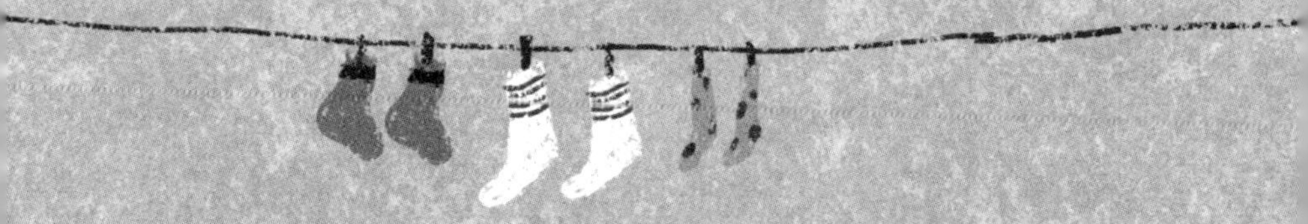

他要的是戰績，你要的是回憶

所謂戀愛，有些人只想取，有些人好想給。

那麼最自私的人，即使跟最偉大的人遇上，雖然本質上明明南轅北轍，還是有可能一拍即合。

但是交往下來，才發現好像事事不對勁呢？

他們心目中的戀愛，真的是同一回事嗎？

有個女孩子說她不明白，為什麼答應和她交往的男孩，從來不會遷就她，她從來不敢向他要求任何東西，因為知道他不會做，整段關係中只有她在不斷奉獻，好像滿足他就是所謂戀愛中唯一進行的事。

「愛情對他來說是什麼？」她總是不解。「我為他做事總是開心的，難道他不會這樣想嗎？」「我一直想讓他知道我對他的心意，但是他到底有沒有誠意和我走下去？我從來感受不到。」

想起某天在餐廳裡聽到鄰桌某男高聲談論跳

槽的事，他說的職場關係，竟跟男女關係有點類似。

「前老闆對人說給過我許多機會，為我籌謀過許多，說我竟然只得一句多謝，本來就是我值得他才請我的啊！為什麼要我感恩？既然再不能給我什麼發展空間了，在這公司裡我能取的都取了，跳槽也是情有可原的……」

當一個人一心只想進入一段關係中來取的時候，你為他籌謀再多，他都覺得是自己應得的。

那就不必奇怪，為什麼有人可以給得那麼少，他到底有沒有誠意？其實與誠意無關，他開始一段關係的目標，只是「取」而已，想當然，「給」儘量的少，勉強維繫到關係便已足夠。

是他「給」你機會對他好，所以他覺得自己並非沒有付出。

至於那些「誰跟誰都不及你重要」、「當然是喜歡你才一起」的甜言蜜語，則是所謂「維繫」的最低消費。

不必問他「是他多愛你一點還是你愛他多一點」這類問題，因為其實對這樣的人來說，連這一點也沒有想過，根本無從比較誰愛誰多一點。

他們的愛情字典裡沒有這類題目。

其實你也不是全沒有東西想取得，只是和他想要的不同。

他要的是戰績，你要的是回憶。

所以你才會願意不斷奉獻，因為你怕有機會時不去建立回憶，當失去機會時自己會後悔。

但是對他來說，擁有過，被愛過，瘋狂過，就是一段光輝的事跡了。

但是對他來說，擁有過，被愛過，瘋狂過，就是一段光輝的事跡了。

為何覺得不被愛是自己的錯？

「我們感覺自卑，這正突顯了我們的卓越；我們覺得自己沒有價值，卻見證了我們偉大的價值。只有尊貴的生物才會感受到羞恥。」——史密德 Lewis B. Smedes

早前讀了倫理學家史密德的《寬恕與忘記》，最近又讀了這位作者另一本好書《為何總覺得自己不配任何美好？》，單是書名已令我反思，我們每個人不都嚮往美好嗎？但我們的惶恐在於隱約覺得自己不配，我們經常感到一股沉重壓在心頭，這種感覺是誰給我們的呢？

「在過去，我比較擔心看不見自己缺點、自以為是的人。如今我擔心的是看不見自己優點、感到羞恥的人。」書中這句我深有感受，最近不時接觸的感情個案，幾乎問題癥結都是覺得自己不配，覺得自己不夠好，於是她們任由那些實際比她們差勁得多的人肆意傷害，她們完全看不見自己的優點，她們的自我價值被一股覺得自己不值得被好男人愛的羞恥感所蒙蔽。

怎樣為之羞恥感？你是否經常被這些感受縈繞著心頭？例如不敢以真實的自己面對世界、身邊人，覺得如果別人真正認識你，就會輕視你，沒以前那麼喜歡你；覺得自己無法成為自己應該成為的樣子，令自己和世界失望；覺得自己比不上別人優秀，永遠無法被人接納。

「羞恥和罪咎不同，罪咎與我們做的事有關，羞恥與我們這個人有關。」

因此並不是我們做了什麼事，不管做得好或不夠好，我們同樣會為自己感到羞恥，因為我們沒有真正接納自己。

這份羞恥感很多時來自原生家庭，父母讓我們知道，若要贏得他們的愛，我們必須很優秀，但同時他們會不時貶低我們，讓我們相信自己不夠優秀。至於父母口中優秀的定義也通常是含糊不清，變幻不定，令我們慣了揣摩別人的心意去換取愛意。

這份被貶抑的感覺，可能會在成長後，在我們尋找的愛情當中再度出現。當我們不被尊重、被當成物件而不是一個活生生的人般對待，人就會產生羞恥心。被所愛的人厭棄和拒絕，是莫大的痛苦。

許多好女孩，都是凡事過度承擔的人，擁有許多的不健康羞恥感，像是一種慢性病，成為壓在心上沒法快樂的重擔。

我們必須意識到羞恥感會將人的錯失誇大。就算每個人都有所缺失，不等於不夠好。

不必覺得身邊的人發生的每一件壞事都是自己的責任，不要時常想著解決不到這些問題就是自己能力不足，人的渺小感做成的不應該是羞恥，而是謙和與感恩。

相對的，生命中有些人或事太過美好，也不必產生「我不配擁有」的念頭，這是出於自己低人一等所做成的想法。當深心底裡覺得自己不配，即使最出色的女人，都只會找上壞男人，因為不配背後的羞恥感，會讓人刻意迴避美好的事物，讓自己沉溺在泥沼裡，不能自拔。

要擺脫這份羞恥感，我們必須找出自己人性的一面，並要求另一半尊重這一面。

我們因愛互相擁有，但我們永不是被誰佔有。

「我們佔有物品，但我們擁有人。」「物品可以隨情緒去控制它、使用它、忽略它，當我們擁有一個人，會給予對方無條件的愛。」史密德說。

不要輕視持續羞辱的傷害和後遺症，如果任何人有意無意向你灌輸「你不夠好」的信息，讓你持續地去籠絡他、爭取他的愛，而且不停用離開你作威脅，就是試圖賦予你羞恥感來控制你。無論如何，被惡意對待或忽視都是不對的，我們不是物件，值得像「人」般被尊重、被愛。

男朋友的責任與義務

早陣子一位素來不屑打卡行為的男性朋友居然上傳了去農場打卡的照片，女朋友餵飼羊咩咩，畫面溫馨。

「你居然會去那些地方？」

以前單是約他在咖啡店坐坐，他就渾身不自在，看到男朋友替女友拍照的時候，他更會悄悄酸人，一邊嚷著很無聊，女人不能太遷就之類的，所以有點意外。

「我現在懂了，這是責任和義務的分別。」他煞有介事地說。

我表示願聞其詳。

「我以前覺得，不感興趣的事情便不想做，覺得拍拖罷了，交戲不是我的責任，但原來只要看到她由心而發的笑容，就覺得去哪裡、做什麼都沒所謂吧，只要她明白我是疼她就好了。」

真的，所謂談戀愛，還是得讓彼此感覺被愛，當發現你願意為她做一些你沒太大興趣的事，她就會明白自己是被珍惜的，明白到自己在你心中的分量。

因為身為男朋友，就是建立一份關係。當然，作為一個人，作為你自己，你沒有責任去為任何人改變，但作為一個男朋友自然有男朋友的義務。

義務是應該，責任是必須。責任著重點是需不需要承擔過失，當然你不願去做也沒有人可以怪你，因為你沒這個責任，但如果事事都計較是否必須做才去做，就不是戀愛了。

最近也聽到一段恰恰相反的故事，一對相戀四年的戀人，男人忽然提出分手，理由竟是：每個週末的活動你都替我想好了，我覺得你太控制欲。

陪女朋友做她想做的事，或許不是責任，但如果不喜歡對方的安排，溝通卻是義務吧！一起這麼久，竟一點先前溝通都沒有，就以這個理由分手，不盡義務的戀愛方法，不單讓對方感到莫名其妙，還會給人找藉口的感覺！

所以如果你最近才經歷這種驚天動地、刻骨銘心的戀愛，
跌得非常傷而非常痛恨那個人，也請相信，感動過的，不會被遺忘，
總有一年總有一天，你對他再沒有恨只有淡淡的懷念。

牽絆

six

男人的軟弱和女人的堅強

「想當年，我太軟弱了。」事隔多年後男人對女人說。

我們笑說，他不只人軟弱，這樣的藉口也太弱了。

又不是古時的江山美人之間的選擇，或文學鉅著裡生於世仇兩家的羅密歐與茱麗葉，又不是大富人家要娶窮家女，普通人的戀愛，總好像沒有矛盾得明明愛著卻又被迫放手，說穿了就是愛對方不夠，愛自己較多吧。

不過想深一層，或許這也是實話。要男人承認自己軟弱其實也不容易，男兒有淚不輕彈，可能一生中沒有幾次、沒有幾個人值得他去承認，自己犯了懊悔一生的錯，對一些大男人來說，甚至不會發現自己的軟弱，還以為自己很強呢。

軟弱往往對女人有一種吸引力，就像男人對你說：我很愛你，但我有我的苦衷。背後總好像充滿神秘的故事。

男人的軟弱，可能是沒法去承諾一個女人，沒法選定她，因為人生中其他選項太吸引了。選定一個人，的確要有若干的擔當，若干的取捨。他太年輕，不清楚自她以後，再也遇不到更好的人了，他高估了自己，卻低估了她的難受，軟弱的人，是沒法想像自己為別人帶來傷害的，所以若他們會道歉，應該算是堅強了少許，有進步過了。

女人的堅強，很多時則是相對男人的軟弱而出來的。因為男人連解釋的勇氣都沒有，女人只好自己堅強地面對、收拾殘局；因為男人不在乎女人的痛，女人惟有說服自己不痛、不怕痛。

堅強於女人的另一種意義或者是，忽然覺得已沒什麼好介意，連生氣、怨恨、追究，或者為這段情想出一個創新些、獨到些的結論，都是不必要的，不過就是所謂的沒有緣份而已，對曾經重創自己的人或事是變得如此地看得開，或許這真是芸芸眾生中的一段平凡戀愛，不需要把它想得太過可歌可泣，才更容易放下。

可以原諒我沒有為你不惜一切嗎？

男孩女孩曾經深深相愛，但是男孩最終選擇了別人，往後多年，女孩從沒有放下過被放下的恨。

她熟悉男孩，知道他固然有他的掣肘，但她恨的是「為何你沒法像我愛你一樣愛我一樣多」，她一直耿耿於懷著這份不公平。

如果他們之間的愛是平等的，他自然能為她突破他的囚牢吧？自然能為她放下一切吧？她心心念念著。

但是即使他不曾如你所願那樣不惜一切被愛你，不等於他對你的愛不曾存在。

選擇一個人總有當時的考慮，但那考慮未必因為是愛。

事實上，男孩很愛她，往後十餘年，仍然懷念她，也再沒有遇過比她更能帶來快樂的女孩了，但是他卻沒有面目回頭去找她，他知道她愛得很絕對，容不得感情的半點瑕疵。

而被放棄、曾經在他心裡比不上別人的這個念頭，是她一定無法原諒的錯失。

至今他也解釋不了，為何在那一年遺下她，放棄這段感情，明明是那麼深愛的。

或許是因為太愛，感情上感覺越發沉重。

或許是當時不看好的聲音太大，他越來越沒有勇氣去反駁。

或許是因為吵了一架，對那時的戀愛和自己都失了信心。

或許是當時為著生活奔馳，太多事情要兼顧，愛情太花時間經營，他選擇留在心裡就算。

或許是遇見了另一個人，隱約開始想像人生的另一個可能。

或許當時他是太自信，愛情可以隨心調節，以為要自己愛上誰就能全心愛上誰，哪知原來愛情勉強不來。

或許以上皆是，當時的他，生活的字典裡容不下「不惜一切」四個字。

他知道這種愛情很淒美，但當時他的生活與追求「美」無緣，他的勇氣也在其他地方耗盡了。

但他沒法告訴女孩這些，因為就結果論，是女孩被放棄了。
最讓他痛苦而有口難言的，是他聽說她告訴別人，他從來不曾愛過她。
最讓他心疼的，是她否定了在他中心留下的戀情的美好，他只能獨自守著這份記憶和愧疚。

是曾經自私，但愛的確存在過。
只是人，自私的時候佔多。
我們最終選擇的，不見得是我們的一生最愛。
或許被放棄的，比被最終選擇的人愛得更深。
就算你不能原諒我沒有為你不惜一切，請不要否定我們的愛。
可是我們又有勇氣告訴對方嗎？

最讓他心疼的，是她否定了在他中心留下的戀情的美好，他只能獨自守著這份記憶和愧疚。
是曾經自私，但愛的確存在過。
只是人，自私的時候佔多。
我們最終選擇的，不見得是我們的一生最愛。

最終留下來的才是命中註定的東西

生命中總有些較為黯淡的日子，好像手邊珍重的東西一件一件遠去，什麼都捉不牢似的，忐忑不安。

與其著眼於留不住的無奈，不如換個想法——要離開的東西就讓它們全部離開吧，看看有什麼最終留下來，或許最終留下來的，才是命中註定的東西。

人也是一樣，失去愛的人，或者與愛的人關係漸行漸遠，我們常常會專注在怎樣挽救關係，怎樣讓對方更滿意，但有時原來痛苦的過程並不關乎愛情，而是關乎你本人，你的價值觀、你看待事物的方式，你愛人的力度，或許，都需要重新分配、設定。

或許你需要學會愛情不會成為你心靈的避難所，對任何人過高的期望只會換來失望；或許你需要學懂的是如何拯救自己，成為自己的避難所。

這段黯淡無光的日子裡，你學會了自我療傷，你重新審視什麼對你而言是真正的快樂，而不是觀言察色，順著對方的意思做人，百般討好的，是別人，自己永遠排到最後。

離開你的人其實是不會帶著你的快樂離開，離開你的人只是指導你方向讓你回歸你自己，讓你知道自己不是必須忍耐，因為每個人都有重新適應的能力。

對方的缺席只是留給你更加大的空間去適應，去面對自己內心的真正聲音、真正需要。

即使你再也不想為別人為難自己，即使你將對別人的善良收回來，放在自己身上，是一點也不需要自責愧疚的，因為追尋快樂不等於自私。

這世上有兩種快樂，一種是做自己真心喜歡做的事，而不是別人叫你做、想你做、想你為他做的事；另一種是自己有能力令別人快樂，就是所謂的貢獻感。貢獻感的快樂並非鴉片式的，乞求別人施捨快樂，得不到時就痛苦萬分，什麼價值都建立不到的，不是真快樂，只是成癮。

一種是跟自身有關，一種是跟別人有關，但沒有一種是狹隘地單單為了某君。所以有人說失戀是最佳的禮物，因為失戀後最終留下來的教訓讓人銘記於心，人成長了，眼界開寬了，更懂得往後餘生好好疼愛自己，比起單單渴望某君對自己好，更懂得選擇誰值得你對他好。

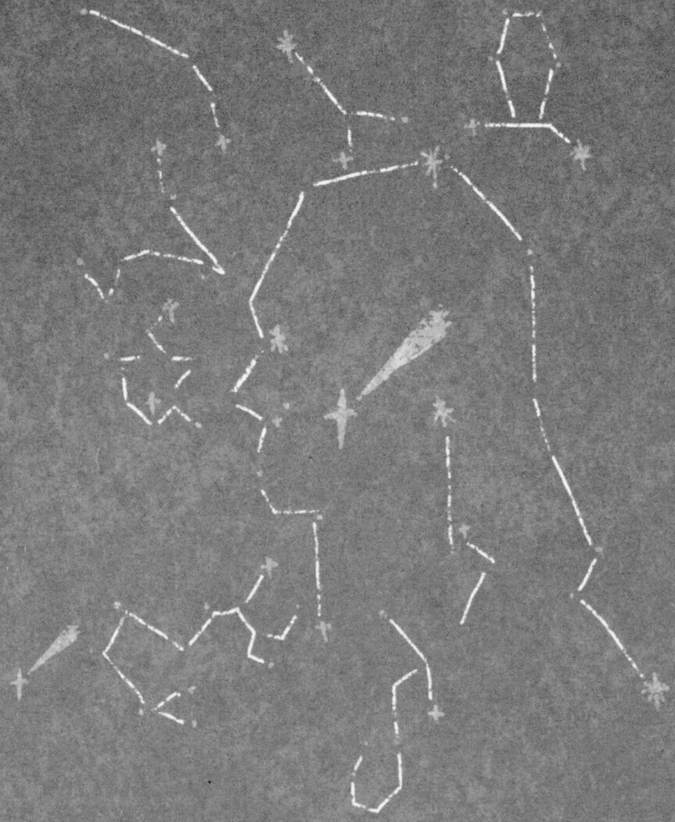

6

老派散步

「有人對你感興趣！」

手機交友程式的訊息在畫面中彈出，當時正在會議中，身邊坐著最八卦的女同事，Eva 立即將手機反轉。

玩交友程式已經有一年了，這款盲約的程式是目前 Eva 認為最適合自己的，盲約不上傳照片，只憑自己填的興趣、職業、性格等等來配對，開始私下聊天後，有興趣深入交往的才交換照片，或者約出來見面。Eva 認為人的外形、年齡也不重要，對她來說異性的吸引力在於腦袋，言語乏味的即使徒具模特兒外形，不消三分鐘便厭倦了，因此她才懶得用修圖去騙人，她希望對方也有同樣的想法。

Eva 回到自己的座位上，若無其事地揭了一下文件，才看手機。傳訊息來的男人表示對星象感興趣，傳來在芬蘭羅瓦涅米、沖繩小濱島和加拿大 Yoho 國家公園的星空照片。

而這三個地方，恰好 Eva 都去過。

這些地方被國際黑暗天空協會認定為世界星空保護區，不受人類活動的光污染，能夠看到各種星座、行星、流星雨，甚至是銀河系。

別看 Eva 像個典型的 City Girl，她三十歲前可是個賺夠了就上路旅行，花光積蓄又再打工的浪遊派，而觀星這個興趣，是大學時的戀情遺留下來的，當時苦戀的對象是比自己大十幾年的助理教授，這三個地方都是相戀的兩年間，和那個人一起去的。

難得遇到志趣相投的人，Eva 覺得甚有緣，便和線上的陌生人搭上話了。

對方自稱 Ray，在出版社工作，年紀比 Eva 大幾年，而且最重要是單身，當然他們每個人都這樣說。

那之後斷斷續續聊天，竟覺得意外地投契，如果說他是騙子，又覺得他的嗜好又似乎沉悶了一點，若然 Eva 說起跟女性友人消遣打卡的地方，他也會直認：「現在的女孩子都喜歡這些啊。」不會故作認同或者熟悉一切，Eva 最討厭那種奉迎討好的輕浮男子了，而且他稱三十幾歲的 Eva 做女孩子，感覺就像回到十年前。而最讓 Eva 有好感的，是他最喜歡的歌碰巧也是〈La Vie En Rose〉（粉紅色的一生），而且也是 Louis Armstrong 版。

只有一次，他接連五天沒有訊息，以為又是另一場鏡花水月，來去無蹤，但他再次出現時，鄭重向她道歉，又令人覺得他傻氣老實。

「因為之前未玩過這種交友程式，中間丟了密碼無法登入，結果耽擱了幾天，並非失蹤，我請你吃飯，如果你願意。」

於是便在沒有先傳照片的情況下，約出來見面了。

為了保留那一點神秘感，他提出以枱上的星座小物相認，連這一點 Eva 都覺得很 old school 又很可愛。

他們約在香港最接近天空的餐廳，也就是太平山頂的山頂餐廳，那紅磚餐廳又復古得一如他的風格。

這令 Eva 更期待了。

當在約定的餐廳裡，讓 Eva 吃驚的，是看到二十出頭時相戀過的教授步進來。

十三年了，他老了很多，本來就有的白髮現在佔了頭髮一半，皮膚也明顯失去了彈性，不過他輪廓深邃，雖然老了但仍然是個好看的男人，只是他的神情有點不一樣，是茫然還是頹靡？總之他的眼神失去了往日自信的光輝。

更讓 Eva 吃驚的是，他穿一襲學院風西裝，西裝袖口有雙子座星圖的袖扣，而他正向 Eva 的座位走過來。

難道……交友程式上的人就是他？

他跟 Eva 四目交投，好像不認識她那樣，目光轉向她放在格子桌布上的一枝墨水筆，是 Montegrappa 萬特 ZERO Zodiac 12 星座系列 Aquarius 水瓶座墨水筆，它上面沒有任何星座圖案，要懂的人才懂……

她想把墨水筆收回來，卻太遲了，他好像如獲至寶地坐下。

「Edith，是你吧？我們終於見面了。」

Edith 是 Eva 在交友 app 上的名字。

他的表情非常自然，一點尷尬都沒有，更不帶事隔多年後相認的感情，這是什麼回事？

「失陪，上一下洗手間。」她說。

在化妝鏡前，Eva 打量著自己的臉，與十三前年大學畢竟不久的自己比較起來。

是自己變得讓人完全不認得了嗎？以前恃著自己青春本錢，臉上總是脂粉不施，與如今精通化妝打扮的自己的確有很大的差別，但真的就因為這樣？

畢竟是如此親密交往過的戀人，就算他老了這麼多，連眼神的變異她都能感受到，某些在精神底蘊裡的東西，是不可能認不出來的。

還是他假裝不認得？如果是那樣，他現在應該偷偷溜走了吧？

但他沒有，還悠然自得的模樣，四下打量著餐廳，像在懷緬。

他失憶了嗎？

哪有那麼多失憶？又不是電視劇。

還是拙劣的速食藉口？

然後 Eva 想起了，Ray 是他兒子的名字。

分手時，他與前妻生的兒子還是個六歲小孩。

居然用自己兒子的名字來玩交友 app，他這個老爸果然還是不合格。

她大可以一走了之，但她想看他葫蘆裡賣的是什麼藥。

於是她又回來坐下，而且用上更加燦爛的笑容。

「終於跟你見到面了，我是你想像中的樣子嗎？」她問。

「比我想的漂亮太多了，像你這樣的女子何須要玩交友 app 呢？」

「因為現實中遇到的淨是渣男。」Eva 笑著說。

Eva 心想，你不知道自你以後，我遇到多少讓人失望的壞男人，簡直一個比一個糟糕。

幾句美言，真以為就能討她開心嗎？他也不知，為了有可能重遇的這一個想法，一直推動著 Eva，讓她發誓要成為比往日更美的女人。

為此，她沒有一天放縱自己的飲食，定時上健身房，也在那兒認識過不少渣男。

太年輕跟他一起了，那打後的際遇，很難說都與他無關。

可以肯定的是，自跟他一起，她對愛情的認知便不再一樣。

經歷了最夢幻，夢幻便無以為繼。

「容我對你坦白，我是有太太的。」他忽爾正色說。「但覺得跟你很合得來，今次約你出來只想聊聊天，交個朋友，不知你願不願意花這點時間？」

Eva 輕描淡寫一笑，看起來，他果然還是不懂交友 app 的意思。

不過這倒是勾起她的興趣，他是個很看重家庭的男人，他終究還是再婚了是嗎？

他後來選擇結婚的是什麼人？

但不管是誰，還是讓他感覺窒息嗎？無法交流嗎？沒有感情了嗎？他終究需要尋求交友 app，即使本來是新手，是有多絕望呢？

Eva 絕對對成為第三者不感興趣，以前就是因為這個問題經常吵架收場。

二十歲還未大學畢業，他是同樓層另一個學系的助理教授，他三十五歲。嚴格來說，不是師生戀，沒有師生的關係，但不知為何就是不停被人這樣說。

說他們是不對的，不管是身分上，年齡上，而且他剛分居，妻子還帶著個小男孩。

「你別太天真，根本不可能真的分開，你這樣跟第三者沒分別。」Eva 的朋友都這樣說。

明明已申請離婚，卻沒有人理會這個事實，他們一起受盡千夫所指。

但或者那時還年輕吧，她喜歡他身上的這種反差。

平時是個嚴肅題目的講師，講的是國際格局與關係，她曾經因為仰慕他而旁聽他的課，授課時卻風趣得近乎跳線，下課後與學生關係也像平輩一樣，很玩得來，聊的話題跟年輕學生一模一樣，但見識又絕對比他們廣博，是學生們信賴的老師。

他平時開電單車回校上課，泊在教職員車位上的電單車看起來格外觸目。

平時好像很桀驁不馴，但對家人卻這麼好。

「如果你有我這個年紀，你就會明白，家人是最重要的。」他常常因為家族有人有求於他而要講電話，這點對 Eva 來說是新鮮事。

Eva 的爸爸是個對妻女不辭而別的渣男，她覺得有責任感的男人才最有男人味。

一起之後，有一次他同意帶她回去家庭聚會，是他的母親生日。

Eva 滿心歡喜去他的家，卻感到不友善的目光。

而且他的前妻和兒子也被邀請，跟他一起被安排坐主家席，居然把 Eva 安排到別的桌去。

Eva 還是故作大方說「沒關係」、「我也想認識一下你的其他親人」。

幸好他說：「不行，我不知道她也請了 Jane。」Jane 是他前妻的名字。「我再安排一下。」

既然他包在身上，Eva 也安心了一點。

Eva 上洗手間補妝時，他六十歲生日的母親卻進來跟 Eva 說：「Eva 小姐，你以為我不知你想什麼？」

本來還想客氣奉承，老人家的表情卻是直白不客氣。

「你以為第三者有分『能反客為主的』和『最後會被厭倦的』兩種，你以為自己是第一種吧？」

「伯母，我不明白你為什麼跟我說這種話？他們明明已經離婚了。」

「分居不等於離婚，看你這樣大模廝樣走進別人家庭，看來你太年輕還不懂得這分別。」

「那看來太年輕或者太老都是不會懂得的。」

Eva這麼一說，幾乎把伯母氣得昏倒在地。

然而Eva從來無意無禮，只是人不犯我我不犯人。大抵也就是從那時候開始，這句話成了Eva的人生格言。

弄得這麼僵，Eva也不好意思再留下，他陪Eva離開母親的宴會，算是站在Eva這一邊。Eva雖然感覺受傷，但對這段愛情只有更堅持了。

聽到母親對Eva說的內容，他一臉苦惱地說：「那段婚姻是錯的，根本也不該生孩子。就是為了挽救，才會把孩子生出來。」

他步行送她到家樓下，如像每次有心事時，或者有開心事時，他總會提議一起散個步。

當時Eva住在西貢村屋，的士都駛不進去的村路，但也無阻他們一起散步的決心，他從來沒有一次偷懶讓Eva一個人走。他們找不到話題時，就抬頭看星星。抬頭看星星時，從來沒有一次感覺彼此有什麼差異，大家都是地球上渺小如塵埃的存在，所有煩惱也該像塵埃般飛走。

這天從宴會中不歡而散，他再一次送她至家門前，沿途卻比平時沉默，Eva 知道有一些重大的決定會說出口，一生中這樣沉重的時刻只有幾個，會永遠記住。

「我不會要求你不顧孩子。」Eva 用這一句代表再見，年輕的 Eva 覺得能那樣說的自己很酷。

然而他卻露出痛苦的表情。

「我們先假裝分開一下吧。」

「地下情？」Eva 費了一點時間才明白他的意思。

Eva 相信他只需要一些時間安排和家庭切割，決定給他時間。

但是後來有一次，在他獨居的家留宿的晚上，當他在浴室洗澡時，Eva 看到他手機短訊閃了一下，頭兩個字是「姐夫」。

是他前妻的弟弟？可惜之後便看不清楚他說什麼，也不知道他的手機密碼。

他從浴室出來時，她本來還想若無其事地做沙拉，但見他很認真地致電回覆那個人，等他掛線，終於還是放下了杓子，轉身問他：「誰找你？」

「Jane 的弟弟，他失業了，想我幫忙，畢竟他家孩子剛出世，總不能不幫。」

原來他介紹了前妻的弟弟進大學的辦公室做，那麼說之後他一定會在工作的地方繼續關照著他，要不然是不扛下這責任的。

Eva 當下沒有反應，但離開他的家之後，卻左思右想這件事。

不是說要離婚嗎？不是應該斷得乾乾淨淨嗎？不該跟前妻的家人開始新的長久關係吧？

那之後每次看到那個前妻弟弟傳訊息給他喊「姐夫」，問他各種事情，他又耐心教導，也不忌諱在 Eva 面前講電話，Eva 的心就很痛，她發現這痛比看見他前妻呼喚他更大，因為她看見他指導人時滿足的表情，這件事是他自願的。

另外一次，Eva 發現他寫了一張以「一」字結尾的支票，收在外套口袋裡，似是給某人的帛金，但以帛金來說又是一個頗大的數字……

「有誰過世嗎？」Eva問他。Eva感恩他們之間最大的好處是坦白，如果沒有坦白，年紀相差這麼遠的兩人是走不下去的。

「嗯，Ray的姑婆。」他坐在電腦前處理一點工作，也沒多言。

當時明明記得他因為搞離婚弄得銀行戶口緊絀，又有一筆錢縛在美國股市動彈不能，經常都擺出煩惱的表情，Eva不解又心痛地問：「帛金需要做這麼多的嗎？」

「因為人家對Ray好。」他答得如此理所當然。

這兩件事都讓Eva發現，他們是一家人，而她不是。

Eva越來越覺得自己或許真是第三者。

並不是說他不愛她，她知道自己是他的現在式，但問題是，她才是與他最少連結的人，隨時結束也不會有任何牽繫的人。

除了記憶。

那些一起散步，一起觀星的記憶。

讓 Eva 心灰意冷的，是他在乎前妻那邊的家人怎樣想他，他希望那些人覺得他有情有義。

那麼，他又怎可能放棄這個家？被同樣的一些人唾罵？

即使把現在的婚姻貶成錯誤，對他來說終究是他看重的東西、曾經苦心經營的東西、覺得必須回報的東西。

Eva 突然明白了他的付出，忽然覺得他對自己的愛，或許只是微不足道。

「我們出去散個步好嗎？」離開餐廳時他這樣提議。

他果然還是老樣子。

用餐時覺得也玩膩了，可以肯定他真的不認得她，因為他真的什麼事都重新講一遍，那些屬於他的事倒也事事如實，沒有謊言。

本來打算說句再見便各行各路，但他如此提議，忽然又想重溫一起散步的感覺。

他們從盧吉道起步，走過白加道、纜車徑，再在林蔭步道上緩緩落斜，昏黃的老式街燈下，心情竟漸覺幾分輕鬆。

很久沒有那樣子跟一個男人靜靜散步了。

被忘記了或者證明自己活成更好的模樣了？

以前曾幻想見他老去的模樣，如今他果然長了半頭白髮，仍然是好看的，或者上天跟她今晚開這個玩笑，就為了讓她親眼目睹過去幻想過而未能完成的事？

來到山腳，Eva 覺得也夠了，便問：「既然我們只是朋友約會，我想看看你妻子的樣子。」

「好啊。」他低頭找手機，但拿出來後，卻好像不太懂得操作的樣子，一臉茫然地望著鎖機畫面，然後手機的人面辨識幫他開了機。

但他找了許久都找不到妻子的照片，而且他越看那些照片，表情便越困惑……

「怎麼啦？老婆都不認得？」Eva 調侃他一笑。

「這個好像有點像，但她沒有這麼老……」他說這話時的表情像個小孩，他是在搞笑嗎？

Eva 把頭探過去。

「是她啊？你終究還是和她復合了啊？」

「是的，我是和她復合的，你怎麼會知道……你？」這時他瞇著眼看她，迷濛的燈光下，記憶才像開始復甦……

「你是……Eva？」

「你覺得很好玩？這樣假裝不認得我？還是玩交友 app 時發現是我，故意約我出來衝著我尋開心？」

雖然玩 app 時不太可能留下她是誰的痕跡，但 Eva 越想越氣，覺得什麼事都有可能。

那晚 Eva 便把那個交友 app 刪除了。

再也沒有玩其他交友 app，也沒有他的消息。

半年後，Eva 到一間醫療中心做定期驗身時，竟看到他的身影。

一個中年女人挽著他的手，Eva 認得就是他的前妻與現任妻子 Jane。

Eva 走上前去，看到他們步進腦科醫生那一邊。

他的年紀，也不至於要人攙扶吧？什麼回事？

Eva 忘了自己的叫號，急切想知道答案。

她在他們那邊候診區等著，終於等到 Jane 一個人出來。

還是女人敏銳，Jane 一眼就認出 Eva 了，目光也沒有迴避。

「許久沒見了。」Jane 先打招呼，語氣平靜，也沒有最後得勝者的姿態，這才讓 Eva 鼓起勇氣問。

「剛才我在那邊等醫生時看到你們，他是不是有什麼事？」

「我要等他做檢查，我們坐下來聊吧。」Jane 大方地說。

「他一年前確診腦退化，都一年了。」

一年？即是說，他開始玩交友app和跟自己見面那次，他已病發？

「我曾在交友app上遇到他，而且也出來見過一次面，他完全不認得我。」Eva不想惹Jane誤會，立即更正：「那之後我已立即刪除帳戶，我本無意和他再見面。」

「啊，我知他有開交友app，總之能讓他保持腦部活躍的，我都由他。」Jane低頭苦笑：「不過他病情變化很急，最近應該連手機都不太會自己開了。」

Eva很難過，她以為腦退化是更老的人才會發生的事……病情到最後會怎樣？Eva不敢問，但都是入世已深的成年人了，多少略知一二。

各種器官都會退化，不止是記憶衰退這麼簡單。

「由國際天文聯合會所制定的全世界共通的星座名共有八十八個，而當中在八重山群島是日本國內能夠眺望最多星座的地方，最多能望見八十四個。」

想起那晚他侃侃而談，或者，他是想透過不斷重複來提醒自己。

他不可能完全不知道自己生病，也許他也有擔心膽怯。

一想到這，就覺得他很可憐。

自他以後，自己雖然也很可憐，但與他如今的狀況相比，竟都覺得往事如煙，不再計較誰負誰了。

「你幾好嗎？」倒是 Jane 問。

「還是單身，幾好。」

護士跟 Jane 說，幾分鐘後請她進去。

Eva 只有最後一個問題。

「半年前，他約我去山頂餐廳，這對你來說有什麼意義嗎？」

Jane 聽了，當下才露出真正由心而發的微笑，眼眶濡濕了。

「那間餐廳是他向我求婚的餐廳。」說罷，Jane 便起身隨護士進房裡去了。

也許他畢生最愛的人仍然是 Jane 吧？

而自己又收藏在他記憶的哪一個房間裡呢？

當一個人已把你忘記，你記著他造成的傷痕，又有什麼意義呢？

那個晚上，Eva 曾經很生氣，自己也不懂自己氣什麼。

後來才明白了，如果他要選一個舊人復合，為什麼不是她？

而現在，當得悉一切，竟覺得鬆了一口氣。

幸好照顧他的人不是自己，Eva 沒信心自己有那麼愛他。

有些人說，很多事情不到最後不會知誰勝誰負。

但是，對於愛過的人，事情不止勝負那麼簡單。

自他以後，她沒有變得更幸福。

但是也沒有變得更不幸。

或許，這也是一種幸福。

有些人說，很多事情不到最後不會知誰勝誰負。

但是，對於愛過的人，事情不止勝負那麼簡單。

自他以後，她沒有變得更幸福。

但是也沒有變得更不幸。

或許，這也是一種幸福。

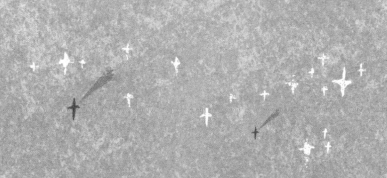

一生中真正繫絆到的有幾人

《Before Midnight》裡有一句話我很喜歡——「年輕時，你相信你將會和跟多人連繫上，但是後來你發現一生中這種事情只會發生幾次。」(When you're youn, you believe there will be many people you'll connect with. But, later in life you realize it only happens a few times.)

年紀漸長，越發現一生中真正羈絆到的無幾人，會留在你生命中長時間的人其實少之又少，生活裡接觸的十居其九不會再見到下一面，就算會再見幾年後已經退到無足輕重的位置。

這句話所指的連繫（Connect With）如果認真看待，並不只是留個電話，聊過幾次，吃喝玩樂，言談甚歡，這麼簡單，而是更為驚天動地、刻骨銘心的感覺。

那一種心靈羈絆，那契合緊密的程度，是你始料未及的，身在當中的時候，你絕對認定對方就是今後的唯一，外頭就算有更好，都不是你要的人。

一直寫愛情的我，一生中談過十指能數完的戀愛，但老實說，只有兩段曾給我驚天動地的感覺。一個人我嫁給了他，另一個人則傷得我很深。

事實是這種驚天動地的感覺不止少有，也可能是錯誤的。

修成正果的話當然最好，但也有很大的機會回頭一看，不明白何解當時會愛得那麼傻。

但我想說的是，即使是短暫的蒙蔽，將兩個人與世界的價值判斷基準隔絕開，這種只有彼此就足夠的感覺，這種美好畢竟是難忘的，一生有過一次就夠幸運了，根本不需要多。

因為當人在那種戀愛狀態，能感覺到生命的純粹，對人生充滿希望，似乎找得到一切的目的和答案，人無法從哲學書裡找到這些。就算不是事實、就算後來又自我推翻，但每條走過的路，每件大小事為何發生，為何引領到這個當下，都找到肯定的理由，這種宿命的感覺，一生中畢竟應該嚐嚐。

每次認識到新朋友，當聽說我寫愛情小說，總會問我：「你的書多是大團圓結局還是悲傷的結局？」我會反問對方：「怎樣為之happy？怎樣為之sad？」

兩個相愛的人最終一起就是happy？分開就是sad？我認為小說不能如此簡單劃分，正如人生不能如此簡單劃分。

如果不再適合，一起太多痛苦，勉強拉扯糾纏才是sad；如果分開後各自找到幸福或實現了人生理想，那麼分開才是happy。一切視乎人用哪個角度去看。

在相愛的過程中，但凡有過與另一個人深刻地連結這種戀愛經歷，已是非常珍貴的一回事，結局如何不重要。

所以如果你最近才經歷這種驚天動地、刻骨銘心的戀愛，跌得非常傷而非常痛恨那個人，也請相信，感動過的，不會被遺忘，總有一年總有一天，你對他再沒有恨只有淡淡的懷念。

在相愛的過程中，但凡有過與另一個人深刻地連結這種戀愛經歷，已是非常珍貴的一回事，結局如何不重要。

那些願意陪你散步的人

許多電影中，都有男女主角在街上並肩一起走的畫面，像音樂電影《一奏傾情》（Once）和《一切從音樂再開始》（Begin Again）、奧斯卡得獎電影《星聲夢裡人》（Lalaland）、串流平台口碑電影《從前的我們》（The Past Lives），也包括王家衛的《花樣年華》，當然還要數《午夜巴黎》（Midnight in Paris）、《情留半天》（Before Sunrise）、《心跳五百天》（500 Days of Summer），這些我本人的摯愛經典了。

或許在很多年後回想，許多關於往昔某場戀愛的記憶，都留在並肩走一段路的時間裡，只是當時的自己並沒有發現那有什麼特別，但若放在電影的經典畫面看，不禁抽離出來想想，在旁人眼中，當時的我們有否像主角們一樣，露出眼裡只有彼此的表情？露出之後再沒有對別人露出的笑容？打開胸懷傾談那些羞於啟齒的心事？

當彼此還在互相試探的時期，如果有人對你說：「我喜歡跟你慢慢走。」那是句了不起的情話，可以確定那個人願意花時間在你身上，聆聽你說話，是多幸福的事。

他願絞盡腦汁想出平日聽到的笑話，從肺腑中翻出入心的話題去跟你分享，或者乾脆接受沉默，享受在彼此身邊單純的存在，兩個人之間的距離漸漸縮短，手經常輕碰到彼此，這些或許我們都經歷過。

是有一點點緊張，但不是尷尬，一起相處就是自在的，滿足的，手機在口袋震動也不會拿出來看。你就知道，他覺得跟你一起的時間比別的人加起來更重要。

熱戀時約會前後，他會說：「我送你回家」、「我來接你」，一邊說是想確保你在那程路上並不孤單，其實是他想見你久一點，分秒必爭。是的，還有更快到達的交通工具與捷徑，但你們都不介意選更迂迴的路線，只為了多聊一會。

溜進唱片店（現在買少見少？），隨便翻翻，說些跟唱片有關沒關的資訊。

在露天咖啡室坐下即席來一杯 espresso？在大街上與賣藝的人畫一幅二人的肖像？在節慶的海邊假裝看煙花但其實偷看彼此的臉，在瞳孔裡看的煙火才最燦爛。

I love walking with you 這一句或許比 I love you 更富詩意的表達。那段如詩的日子可能終究也會消逝，這或許是我們那麼喜歡看愛情片的原因，電影幫我們記錄了那些無人記錄的散步身影，化作我們伸手可及的永恆。

你需要經歷那些過往才能成為現在的你

人對自己身處的「人生階段」的覺悟，會大大地主宰著行為，而這是旁人不了解，也不必讓旁人了解的。

譬如有些人會覺得別人關心的事情很「小兒科」，甚至「不值一提」，但對那個人來說卻是「頭等大事」，也許是因為大家處於不同的人生階段之故——如果經易否定別人看重的東西，就會成為討厭的人。

曾經有人問我：「你寫愛情，如果將來女兒為了愛情太投入，你會阻她嗎？」又或者「你鼓勵人追夢，如果女兒將來要走一條明知很難的路，你也不會擔心嗎？」這問題就像是問：「明知前面是一面牆，你也讓她把頭撞上去嗎？」

對待年輕人，更準確說，是對待與自己身處不同人生階段的人，唯一可以給的意見，就是盡情去活吧。

曾看過一段影片在外國街頭隨便訪問一位路人：「先生，你有什麼意見給年輕時的自己？」那位先生說：「沒有，我需要經歷那些才能成為現在的我。要說什麼的話，就是盡情去活，盡情去感覺吧！就算有痛苦，也去感覺痛苦，被愛的時候就感覺被愛。時間教會我的只有不要有任何後悔。」

「你是怎樣建立這心態的？」「透過失去重要的人。」

「你有什麼意見給現在的年輕人？」「唯一可以給他們的東西就是『支持你』、『有我在』。」

我非常喜歡這一段，也覺得非常感動。

我讀過一本書叫《一流的教養》，書中訪問了數十位領袖人士，對於自己父母的感謝之處，不約而同是父母願意「放手」同時願意「引導」，兩者需要同時存在，意見是要給，但生命始終是孩子自己的。

該痛苦就痛苦，該撞牆也只能撞牆，因為只有透過失去和受傷，透過辜負人和被辜負，才會學懂愛，學會什麼是不要後悔，什麼是無愧於心。

也有一句人生格言我很喜歡，那就是「人生的路永遠不止一條」。

不會因為我活得比較多年歲，已經經歷了別人未及經歷的事，就讓我必然正確一些。

雖然會提醒她事情沒有想像中容易，任何事情都會有很多困難，但我不敢說我是絕對正確的，沒必要事事聽我，最重要是我和孩子之間的關係。

路是不斷冒出來的，所以，不必對生命設太多限制，每個階段想要追求的就奮力去追求，應該感受的就盡情去感受，然後就會活出不同的路。

該痛苦就痛苦，該撞牆也只能撞牆，因為只有透過失去和受傷，透過辜負人和被辜負，才會學懂愛，學會什麼是不要後悔，什麼是無愧於心。

也有一句人生格言我很喜歡，那就是「人生的路永遠不止一條」。

自你以後
學懂了誰值得

enlighten 亮
&fish 光

作　者　鄭梓靈
社　長　林慶儀
編　輯　亮光文化編輯部
設　計　亮光文化設計部

出　版　亮光文化有限公司
Enlighten & Fish Ltd
地　址　香港新界火炭坳背灣街61-63號盈力工業中心5樓10室
電　話　3621 0077
傳　真　3621 0277
電　郵　info@enlightenfish.com.hk
網　店　www.signer.com.hk
Facebook　www.facebook.com/enlightenfish

法律顧問　鄭德燕律師
出版日期　二零二四年六月初版

定　價　港幣一百零八元
新台幣四百三十元

ISBN 978-988-8884-04-9（平裝）